もういいじゃん、私が楽しめば。

夫は英国人、6人子持ち アラカン母のエッセイ

Lialico Mama
ラスコットエバンス美穂

KADOKAWA

私が老いたと感じるとき

- **老眼鏡**を手放せなくなったとき。最近はスマホですら見にくくなってきた。そして老眼鏡をいつも探しているけど気がついたら頭の上にのっている。

- 月日の経つのが早くなり、**2000年以降はもはや最近**としか思えないとき。そして若者たちにとって2000年はすでにクラッシックであるという事実。

- オンラインで自分の生まれた年を選択するとき、**スクロールが永遠**に感じられる。

- **アプリの美人フィルター**をかけると、もっと老けて見えると気づいたとき。

Cuando noto que ya no soy joven

- くすんだ色が好きだったけど、**顔色までくすんで見える**ので、明るい色しか着なくなったとき。
- ひどい頭痛で病院に行ったら、**MRI**を受けるようにと言われ、「私の人生もこれまでか」と、真剣に不安になったとき。

● 産婦人科で「**避妊していますか？**」と聞かれなくなったとき。しかも夜の営みのときに痛くないかを聞かれ、その薬を処方してもらえるとき、「あー、ここはスペインだった」と思う（バルセロナに在住）。

● 昔は8人分のごはんを一日3度サクッと作っていたのに、子ども二人が独立した今は、6人分でもしんどくて、**途中休憩**をはさむけれど、その休憩がやたら長くなった。

● **息子たちが大笑い**している動画を見せてもらっても、意味がわからないうえ、説明してもらってもまだ意味がわからないとき。その事実を息子たちに笑われて、次からはもう説明もしてもらえない。

● 少し前まで「ママ、ママ」と**後追いしてくれていた娘たち**に、「ママと一緒に勉強するとストレスがたまる。一人で勉強させて」と、ドアを閉じられるようになったとき。そして、「ママ、部屋に入るときは、**ドアをノックして**

左からダディ、私、ともや26歳、じゅん24歳、かい20歳、かづ18歳、りあ12歳、りこ12歳（バルセロナ／2024年）

って言ったよね。ノックしてから間髪入れずに入るのもやめてくれる？　それノックの意味ないから」とも。

…**子どもたちにウザがられるようになったとき。**

それは「新しい幸せの始めどき」だと気がついたとき。

はじめに

「歳を重ねるのも悪くない」
自分がもう若くないことを受け入れ、ありのままの自分を愛することができるようになったら、人生はもっと楽しくなる！

こんにちは。ラスコットエバンス美穂です。普段は「Ｌｉａｌｉｃｏ Ｍａｍａ（りありこママ）」として、夫や６人の子どもたちとの日常をＹｏｕＴｕｂｅチャンネルで綴っています。夫は真面目なイギリス人。子どもたちは、27歳の長男ともやを筆頭に、４人の息子と13歳のりあとりこまでの面々と、ちょっと天然でそそっかしいママの、まるで現代版サザエさん一家のような、日常をお届けしています。

30歳で結婚してからこれまで、次々と生まれてくる子どもたちをほぼワンオペで育てながら、引っ越したのは６ヶ国８回で、一息つく間もなく走り続けてきました（現在はスペイン・バルセロナに在住）。

そして、50代の半ばを過ぎた頃、子どもたちが自立していく一方で、ぽっかりと心に穴が空いたように気分が落ち込みがちに。まさに「空の巣症候群」ともいうべき状態に陥っていました。

結婚する前の私は、人呼んで「一匹オオカミ」。誰ともつるまず、怖いもの知らずで、一人でどこにでも行って楽しむ「フーテンの寅さん」でしたが、気づけばそんな自分はすでに過去のもので、まるで見知らぬ弱い自分がそこにいました。

自己肯定感、自信がなくなり、簡単な決断もできない。物忘れも増え、体力も衰え、近いものも見えない。まさに更年期の真っ只中でもありました。

そのうえ、早期退職して毎日家にいる夫とも夫婦げんかが激しくなり、すれ違いが表面化。子どもの進学問題なども絡み、何もかも歯車が合わなくなったと感じるようになり、人生最大のピンチを迎えていました。

でも、そのとき思ったのです。「もう一度、過去の自分を取り戻そう」と。そして「以前のように、人生を楽しく、そしてもっと自由に生きたい」と思ったのです。

そこから現在までの数年間、試行錯誤して、夫との向き合い方、子どもとの向き合い方、自分との向き合い方を見つめ直して、いろいろと実行してきました。そして、還暦を目の前にした今が「一番幸せ」と感じられるようになったのです。

そう、人生はいつだって、立ち止まって自分を見つめ直すことで、新しい彩りを添えることができる。年齢はただの数字でしかなく、そこからどう生きるかは自分次第なのです。

これからは、自分に一番の愛（アモール）を注いでみませんか？　スペイン・バルセロナという愛に溢れる地で、私が見つけた「人生をもっと楽しくするヒント」を皆さまと分かち合えたら幸いです。この本が、皆さまの人生に、少しでも笑顔とアモールを届けることができますように。

ラスコットエバンス美穂

Contents

1章

英国人と結婚、6ヶ国へ移住、6人を産み育てる

2章 夫ともう一度恋に落ちるとき

3章 愛をもって接すれば、愛ある子に育つ

4章 バルセロナで学んだ、スペイン人の幸せな生き方

5章 もういいじゃん、私が楽しめば

Others

Staff
撮影●Clémentine Laurent（バルセロナ）、ラスコットエバンス美穂
装丁●若井夏澄(tri)
DTP●山本秀一、山本深雪(G-clef)
編集協力●中島博子
マップ制作●川村裕美(ジェイ・マップ)
校正●麦秋アートセンター
企画編集●鈴木聡子

序章

50代は悩み多きお年頃

Los 50 son una etapa llena de inquietudes

6人の子育てが一段落して、私を襲った「空の巣症候群」

人生というのは思った以上に複雑です。特に子育てとなると、その時々で精一杯やっているつもりでも、時が経ち振り返ると、後悔や反省ばかりが浮かんでくるものです。さらに私の場合、子どもが6人ですから、「一人一人に、十分に手をかけてあげられなかったのでは？」という思いが、それだけ多くなってしまうのです。

結婚当初、私は30歳でしたが、夫婦で大家族を夢見ていました。ハネムーンベイビーとして生まれた長男のともやを筆頭に、その翌年には次男のじゅん、5年後には三男のかい、その翌年に四男のかづが家族に加わりました。その間にダディ（夫のこと）の転勤に伴って、国をまたいだ引っ越しが6回。最後に双子のりあとりこが生まれてからは、ダディが単身赴任だったため、6人をワンオペで子育てしてきました。

家は常にドタバタの大騒ぎでしたが、それが私の日常であり、今思えば、とても幸せでした。朝6時に起きて、朝ごはんとお弁当を6人分作り、小さい子どもたちの身支度をさせて学校へ連れて行き、学校から帰ってくれば、また食事の準備や宿題の手伝いなど、毎日のルーティンをこなすだけで一日があっという間に過ぎていく日々。それでも小さい子どもたちは「ママ、ママ」といつも私を必要として追いかけてきてくれる、そんな母としての幸せと大変さが詰まった日々でした。

しかし、確実に時は流れ、子どもたちはそれぞれに成長し、私が50代の半ばを過ぎたとき、私の20年余りの子育てマラソンもゴールにさしかかっていたのです。

待っていたのは、静かすぎる家と、ぽっかり空いた心の隙間でした。私はまさに、「空の巣症候群（Empty nest syndrome）」といわれる、子育てを終えた親が経験する、軽度の鬱状態に陥っていました。

子どもたちとともに走り続けてきた20年という時間が、あまりに濃密で愛おしかったからこそ、私は次の一歩をどう踏み出せばよいのか途方に暮れてしまったのです。

長男・次男の独立と「涙のクローゼット」

２０１７年、長男のともやが19歳で独立し、大学には進学せず、ＹｏｕＴｕｂｅｒという少々違った道を選んで、アンドラ公国に移住したとき、私たち家族は激しい議論を交わしました。私もダディも長男が大学進学しないことにどうしても納得できず、長男の家庭教師まで巻き込み話し合いを続けた末、最終的にはともやの意思を尊重することにしました。

長男がいなくなった部屋。空っぽになったクローゼットを開けては、部屋に一人でいる長男の後ろ姿を思い出すと、小さい子たちに手間がかかり、長男との時間があまり持てなかったことを後悔し始めるのです。「もっと相談に乗ってあげればよかった、もっと話を聞いてあげればよかった、もっと一緒に何かすればよかった」と、もう戻らない日々を思い涙が…。

その2年後には、次男のじゅんも20歳で、ともやと同じくＹｏｕＴｕｂｅｒの道を目指して、アンドラ公国に移住しました。子どもが自立して出ていくのは、長男で慣れていたはずなのに、「二人目だったので、小さい頃から手をかけてあげることができなかった。きっと寂しかったのではないか」と、またもや後悔や悲しみが脳内を支配するのです。「母親って本当になんなのだろう?」と、一緒に過ごした頃の写真や動画を見ては思い出に浸るばかりの日々が続きました。

三男・四男、試練のイギリス

三男のかい、四男のかづは、２０２１年にバルセロナのイギリス系インターナショナルスクールからイギリスの私立高校に編入しました。今まで海外のインターナショナルスクールという国際色豊かな学校で学んできたので、公立よりも国際色が豊かな私立高校を選んだのですが、現実は異なっていました。二人のように寮に入った学生と、現地の家から通う生徒との間に溝があり、交流ができる場がほとんどありませんでした。そして学生たちの人種差別的な発言に傷つくこともあったようです。

また、2年間でＩＢディプロマ（国際バカロレア／世界共通で定められたカリキュラム。必要条件を満たせば世界各国の大学への入学資格を得られる学習プログラム）を取得するという厳しい課題に追われ、課題と試験の繰り返しの毎日で、二人とも次第に言葉少なになり、部屋にこもりがちになりました。この頃から家の中の賑やかさは急にフェードアウトしていきました。

「学校に行くのが苦痛」と、ストレスを抱えた三男と四男。「そこまでなら、一日ぐらい休んでもいいんじゃないか」という私に対して、ダディは「学校は休むべきではない」と断固として反対。夫婦間の意見が衝突する中、イギリスの教育環境をよく知るダディの考えを尊重する形となり、私は無力感に落ち込みました。

双子の成長と「静まり返った家」

一方、一番下の双子、りあとりこは、2022年に10歳になり、「一人にしてほしい」と自室にこもるように。かつて私を玄関まで追いかけて「ママと一緒に行く！」と駄々をこねていた愛らしい姿はどこへ行ってしまったのか…。

彼女たちが一番遊んでほしかった幼少期に、私は上の子どもたちの学校や受験のことで手いっぱいで十分に向き合ってあげられなかった…。その後悔が、まだ家を出たわけではない彼女たちに対しても押し寄せてきました。

さらに追い討ちをかけたのは言葉の壁。「子どもたちには日本人のアイデンティティを忘れないため日本語を話せるようになってほしい」、そう願って、家では日本語で話すようにしていましたが、イギリスでの生活が長くなるにつれ、私が日本語で話しかけても、子どもたちからは英語で返ってくるほど、英語オンリーになっていました。

今思えば、子どもたちはイギリスの生活に慣れることに必死だったのかもしれません。りあとりこは、日本語を話すことが難しくなり、特に漢字の習得に苦労していました。週末には日本語の補習校に通わせることにしましたが、あまりの勉強の大変さに「日本語が大嫌い！」と、泣きながら訴える二人を見て、母として何か大事なものを見落としているような気がしたのです。

次第に子どもたちと日本語でコミュニケーションを取ることが難しくなり、現地の英語の宿題はもはや私の手には負えないという残酷な事実も、私の孤独感を深める要因となっていきました。

朝、子どもたちをスクールに送り出し、静まり返った家に一人。かつてのドタバタ劇を懐かしく思い出しては涙する日もありました。「もっとああすればよかった」と後悔ばかりが募り、忙しかったあの頃が無性に恋しくなることの繰り返し…。まさに負のループでした。

それでも人生は続きます。これからどうやって自分の人生を輝かしいものにするのかと、自問自答する日々。「新しい日常をどう彩るか、それは自分自身の手にかかっている」ということはわかっていました。

ダディの早期退職と「24時間一緒」の日々

そして、夫婦関係についても転機を迎えていました。

銀行の仕事に情熱を注ぎ、楽しんでいたダディでしたが、諸々の理由で2018年に早期退職をしました。仕事は楽しかったとはいえ、寂しい単身赴任をしていたマドリッドから、家族とやっと一緒になれるという期待を胸に、バルセロナの自宅に戻ってきました。

ダディは当時53歳でしたので、まだ退職するには若く、次の就職先があるだろうと探していた矢先に、世界を揺るがすコロナウイルスのパンデミックが発生し、スペインは世界でもいち早くロックダウンしてしまいました。そのため自粛期間が長く続き、職探しは難航。思いがけず、ダディと24時間一緒の日々が幕を開けたのです。

単身赴任中、平日の家事育児はすべて私がやってきていましたが、ダディが家に戻ってきてからも、そのバランスが劇的に変わることはありませんでした。家事育児の比重は相変わらず私のほうが重いままで、「やっと家族みんなで一緒に暮らせるようになった」といううれしさよりも「大変なのは全然変わらないじゃない？」という不満のほうが大きかったのが正直なところです。

離れているほうが「まあ仕方ないか」と諦めもつき、むしろ気にならないもの。でも一緒に暮らし始め、私が家事でバタバタしている横で、ダディがスマホを見ながらくつろいでいる様子を見るたび、イラッとしてしまうのです。この頃から私は「もっと手伝ってほしい」と思いながら、それをうまく伝えられず、心の中にモヤモヤを抱え続けていました。

一方、ダディのほうも、「美穂はいつも不機嫌で、ＹｏｕＴｕｂｅに忙しすぎて、散歩すら一緒に行ってくれない。テレビすら一緒に見ない」と、不満を募らせていました。ヨーロッパではパートナー文化があり、夫婦は一緒に行動するものという考えが強いことが背景にあります。

こうしてお互いの不満は、直接的に言葉にされることなく静かに積み重なり、やがて大きな溝を生み出していったのです。

コロナ禍の暮れ、夫婦最大の大げんか

2022年の暮れ、世界中でコロナウイルスが猛威を振るっていました。家族が次々とコロナに感染。最後に私も感染しました。そしてちょうどその頃、お互いへの不満が一気に爆発して、今まで経験したことのない大げんかになったのです。

きっかけは、コロナにかかって寝込んだ私が夕食作りをダディに頼んで断られたこと。普段私は少々の病気になっても、少々熱があろうとも、当たり前に子どもたちのために食事を作ったり、買い物したりしていました。きっとダディは私のことを「不死身の母ちゃん」と思っていたのでしょう。

とはいえ、このときばかりは事情が違っていました。私はコロナでいつもより精神的に脆くなっていたため、「せめて一食ぐらい作ってほしい」というお願いを、きっぱりと断わられたことに対して、虚しさを通り越して悲しみに、そしてそれが怒りに変わって、激しい言い争いになりました。

そして、ちょうどその頃、YouTubeで料理をしながらダディに対して私が愚痴をこぼす動画に、思いもよらないほどたくさんの共感コメントをいただいていたことも引き金になりました。

その動画とは、普段私がダディから「美穂は整理整頓ができない」「食事を作る時は片付けをしながらやって、支度ができたときにはキッチンはキレイになっているものだ」と指摘されていたことに対して、「お腹をすかせている6人の子どもの食事を一日3回作っていれば、絶対にできない現実離れした指摘！」「一年に数回、パスタかシチューを作るだけ、一日家にいて、私よりも時間のある人が言うのはおかしい」と、私が食事を作りながら、うっかり愚痴をこぼしてしまったものでした。

私と同年代が多い視聴者の皆さんは、ダディの指摘がいかに非現実的かを、たくさんの共感コメントで明らかにしてくれたのですが、いつも動画のコメントを念入りにチェックするダディは、このママたちのコメントに共感できませんでした。

言い争いはヒートアップしていき、「結婚して以来、美穂と一緒にいて楽しかったことは一度もない！」、こんな捨て台詞を吐いて、ダディが大晦日の寒い中、家を出ていってしまったのです。このときは、ダディが数時間で戻ってきて、翌朝謝まり、それ以上けんかが悪化することはなかったのですが、「もしかしたら、このままダディがもう帰ってこなくて、もう二度と一緒にいることはないんじゃないか？」という不安を抱きました。

そしてその不安は、あまり意識していなかっただけで、結婚した当初からあった気がしたのです。夫婦の行き違いが、コロナ禍を機に一気に噴き出したにすぎませんでした。

この大げんかを機に、夫婦関係を見直すべき時期にきていると気がつきました。私のYouTubeチャンネルでは、家族の日常を、少しだけキレイなバブルで包んで美化して皆さまにお届けしていますが、実際には、このような葛藤もあったのです。

更年期、そしてぼんやりと漂う日々

気がつけば、聞き飽きた同じ曲を聴きながら、コンピューターの画面を眺めて、ぼーっとしてしまう。やらなければいけないことは山のようにあるのに、やる気が全く起きない。料理をしていても手際が悪く時間がかかる。部屋も散らかり放題で集中力が散漫。そんな自分に、また嫌気がさして落ち込む…。まさに繰り返す負のループ。

イギリスにいた当時、私は55歳で、更年期（Menopause）の真っ只中でした。私の日本の親族は、「更年期？　わたしゃ、全くなかったわ」というような超人が多く、中には60歳を過ぎるまで生理があって医者に驚かれ、70代半ばなのにキレイで元気。てっきり「私も永遠に老いることはない、更年期なんて無縁」と、思い込んでいました。

しかし、現実はそんなに甘くありませんでした。ある日突然、集中力は崩壊し、突然耳の後ろがキーンと痛くなるような謎の症状や、眠れない夜。そして体が熱くほてったたようになるホットフラッシュなど。同じような症状の人が周囲にいなかったこともあり落ち込みました。

体は丈夫なほうだし、メンタルも比較的安定していると自分では思っていたけれど、よく考えてみれば、過去にホルモンの影響には勝てなかったことを思い出しました。生理中や妊娠中、出産後など、ホルモンの変化が激しいときには、気分はローラーコースターの乱降下。イライラして人に当たったり、涙が止まらなくなったり、そのたびに「自分が自分でない」感覚に襲われていたのです。更年期はまさに女性ホルモンがガクンと減る時期。ホルモンバランスの変化で心身がぐらぐらと揺れるのも当然でした。

ついに私も自分が老いたことを認め、更年期専門の産婦人科医を3ヶ月待って受診しました（イギリスでは医師の診療を予約して受けるまで時間がかかるのです）。ここでHRT（ホルモン補充療法）をすすめられ、私はホルモンを補足するジェルを処方してもらいました。これが効果てきめん。不快な症状がずいぶんと和らぎ、心身ともに楽になりました。

ですが、問題はホルモンだけではありませんでした。薄暗いレストランでメニューが読めないのに、老眼鏡を使うのを拒否して、「老い」を断固として認めたくない自分がいたことも事実。

でも、ふと気づいたのです、更年期も悪くないのではないかと。「ぼーっとして同じ曲を同じ画面を見ながら心ここにあらずでずっと聴いているなんて、まるで中学生で初めて恋をしたときに似ているし、この年でそれをまた経験できるなんて素敵じゃない？」なんてポジティブに思えるようになったのは、おばさんもおばあちゃんもみんな元気に恋やおしゃれを楽しんでいるスペインに戻ってからのことでした。

YouTubeに夢中になり、体力的に限界を迎える

今でこそYouTuberというと、子どもの憧れの職業ランキングで上位に入る人気職業になりましたが、私がYouTubeを始めた2016年には、同年代でYouTubeをやっている人はほとんどいませんでした。

50歳になった私は、一番下の双子が4歳になり、子育てが少し落ち着いてきたこともあり、すでにYouTubeを始めていた長男や、次男にすすめられ、「面白そうだからやってみよう！」と、軽い気持ちで「LiaLico Channel」というチャンネルを開設。家族の日常を切り取った動画の配信を始めました。

当初は全然再生されませんでした。でも、もともと写真や映像が好きだったこともあり夢中になり、次第に寝る暇も惜しんで編集作業に没頭するようになりました。まるで新しいおもちゃを手にした子どものように、YouTubeという新しい趣味の世界にのめり込みました。

2022年夏に久しぶりに日本に帰国した際、改めて日本の良さを再認識しました。その様子をYouTubeで配信したところ、うれしいことにチャンネル登録者数が一気に増加。喜びが転じて「もっと動画を配信しなければ」という使命感にかられました。しかも、頑張ればその分だけ収益も増えるのです。気がつくと、常に数字を追ってしまうという「YouTubeの罠」に、私ははまっていたのです。

次々とアイデアが浮かんで、撮影することも楽しかったので、それはもう馬車馬のように働いてしまいました。動画の編集作業を夜中の1時や2時までするのは当たり前。もちろん、朝は子どもたちのお弁当作りのために6時に起きなければなりません。睡眠時間はますます少なくなり、更年期には最悪ともいえる生活でした。体力や気力をどんどん使い果たし、気がつけば子どもたちやダディと過ごす時間も減っていました。

クライシスからの「私の新しい一歩」

子育て、夫婦関係、そして私自身の心身の転機…、そんなことがすべて重なって、私の幸せを見直す時期に差しかかっていました。そして55歳からの3年間、試行錯誤しながら、新しい幸せを模索するようになりました。何を優先するのか、どこに力を注ぐか、それらを考え始めることが私の次の挑戦でした。

そして、試行錯誤を重ねるたびに、小さな光も見え始めました。仲の良い叔母夫婦が「人生で一番楽しい」と言う60代を迎える前に、「私たちの未来にはまだ希望がある」そんな気づきを少しずつシェアできたらと思います。

その前にまず次章で、結婚当初から現在までの私たち家族の歩みを、お伝えしたいと思います。

夫との出会いから現在まで

Family Photos

イギリス人夫と結婚し、
6人の子どもが生まれた、
私たち家族の歩みをアルバムで紹介

1

自分探しの旅行でモロッコへ。
帰国して私が会いに行ったとき、
ダディは恋に落ちたのだそう
(モロッコ/1996年)

2

二人が付き合うきっかけになったキャンプ。友人たちとグループで出かけた際、ダディの魅力を発見して、私も恋に落ちました(東京/1996年)

3

婚約指輪をもらった日。La Bisboccia
というレストランで(東京/1996年)

4

結婚前、二人で初めてフィレンツェへ。憧れのアコーディオンを買い、酔っ払った勢いで道で演奏してコインを投げてもらった(フィレンツェ/1996年)

5

結婚前に二人で旅したイタリアで（ポルトフィーノ／1997年）

6

思い出の地、フィレンツェで結婚（フィレンツェ／1997年）

7

日本での結婚式はカジュアルにレストランにて。家族や友人、同僚に祝福されて（東京／1997年）

8

初めての妊娠。ダディに喜びの連絡をしたとき（ホーチミン／1998年）

9

ダディのホーチミンのオフィスはリゾートホテル内。昼休みプールサイドでランチして、軽くひと泳ぎ。ダディ仕事は？（笑）（ホーチミン／1998年）

1

長男ともやが誕生。ママ1年目
(香港/1998年)

2

次男じゅんが誕生。ビッグベビーだった。真ん中はともや1歳(香港/1999年)

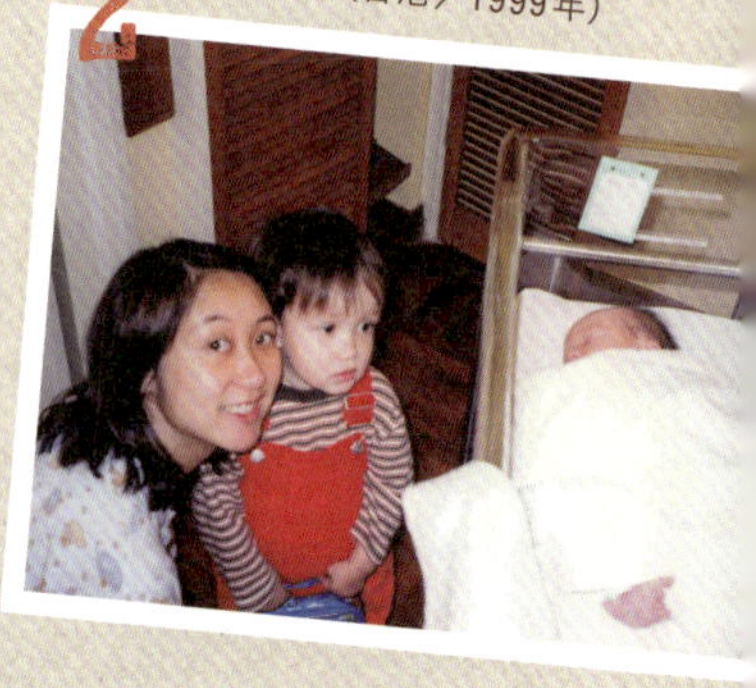

3

三男かいが誕生。3兄弟とダディ
(香港/2004年)

4

3兄弟。左からじゅん、かい、ともや(香港/2005年)

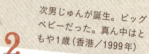

Family Photos

5

四男かづが誕生
（香港／2006年）

6

4兄弟。左からじゅん、かい、かづ、ともや（香港／2006年）

7

すくすくと成長（ジャカルタ／2008年）

8

家のテラスで食卓を囲んで
（マルタ共和国／2011年）

1 双子のりあとりこが誕生（バルセロナ／2012年）

2 首がすわった頃のりあとりこ。妹のお世話をよくしてくれたかづ（バルセロナ／2012年）

3 ハイチェアーを組み立てて、疲れたじゅん（バルセロナ／2012年）

4 幼児食が始まった頃のりあとりこ（バルセロナ／2013年）

5 左からママ、ともや22歳、かづ14歳、かい16歳、りこ8歳、じゅん20歳、りあ8歳、ダディ（バルセロナ／2020年）

フラメンコの発表会の日のママ
（バルセロナ／2015年）

7
イギリス私立高校のかいの卒業式で。左からダディ、かづ、かい、ママ（イギリス／2022年）

6

8
後列左から、ともや24歳、かい18歳、かづ16歳、じゅん22歳、ダディ、前列左から、りこ10歳、ママ、りあ10歳（イギリス／2022年）

Family Photos

家族のこれまで　Family History

年	住まいの都市	年齢							おもなできごと
		ダディ	ママ	長男	次男	三男	四男	双子	
1996	東京／ホーチミン	31	30						ダディとママが付き合い始める。ダディがホーチミンに転勤。遠距離恋愛。
1997	ホーチミン	32	31						結婚。フィレンツェに新婚旅行。長男を妊娠。
1998	ホーチミン／香港	33	32	0					ダディが香港に転勤。長男をイギリスで出産。産後香港へ移住。
1999	香港	34	33	1	0				次男を妊娠出産。
2000	香港	35	34	2	1				ママ転職、産後復帰。長男入園。
2001	香港	36	35	3	2				次男入園。
2002	香港	37	36	4	3				
2003	香港	38	37	5	4				
2004	香港	39	38	6	5	0			三男を妊娠出産。ママ妊娠を機に専業主婦となる。長男小学校入学。
2005	香港	40	39	7	6	1			四男を妊娠。
2006	香港	41	40	8	7	2	0		四男を出産。次男小学校入学。三男入園。
2007	香港	42	41	9	8	3	1		ダディがジャカルタに転勤。
2008	ジャカルタ	43	42	10	9	4	2		家族がジャカルタに移住。四男入園。
2009	ジャカルタ	44	43	11	10	5	3		ダディが香港へ転勤。
2010	香港	45	44	12	11	6	4		家族が香港へ移住。ダディがマルタ共和国へ転勤。長男中学校入学。
2011	マルタ共和国／バルセロナ	46	45	13	12	7	5		双子妊娠。ママ4ボーイズを連れてバルセロナへ移住。ママワンオペ子育て開始。
2012	バルセロナ	47	46	14	13	8	6	0	双子出産。三男小学校入学。次男中学校入学。
2013	バルセロナ	48	47	15	14	9	7	1	ダディがマドリッドに転勤、バルセロナ内で引っ越し。長男中学卒業・高校入学。四男小学校入学。
2014	バルセロナ	49	48	16	15	10	8	2	双子入園。
2015	バルセロナ	50	49	17	16	11	9	3	次男中学校卒業・高校に入学。
2016	バルセロナ	51	50	18	17	12	10	4	長男高校卒業。ママYouTube始める。
2017	バルセロナ	52	51	19	18	13	11	5	三男中学校入学。
2018	バルセロナ	53	52	20	19	14	12	6	ダディ早期退職＆単身赴任の終了。双子小学校入学。長男独立。
2019	バルセロナ	54	53	21	20	15	13	7	ダディとの夫婦げんかが激しくなる。次男高校卒業、独立。四男中学校に入学。
2020	バルセロナ	55	54	22	21	16	14	8	ママYouTubeの再生数が伸び、頑張りすぎる。更年期の悩みが出始める。
2021	イギリス	56	55	23	22	17	15	9	イギリスへ引っ越し。三男・四男高校に編入。
2022	イギリス	57	56	24	23	18	16	10	ママYouTubeがさらに伸び、「空の巣症候群」に。夫婦げんかのピーク。夫婦問題に向き合い始める。
2023	バルセロナ	58	57	25	24	19	17	11	バルセロナへ引っ越し。
2024	バルセロナ	59	58	26	25	20	18	12	双子中学入学。三男大学入学。四男受験生、長男次男がバルセロナに帰国。
2025	バルセロナ	60	59	27	26	21	19	13	夫婦仲が良くなり、ママが新しい自分の幸せを見出す。

1章

英国人と結婚、6ヶ国へ移住、6人を産み育てる

Casada con un inglés, viviendo en 6 países y madre de 6 hijos sin darme cuenta!

英国人ダディとの出会い

1996年
東京

結婚をそろそろ意識し始めた30歳手前、私が当時デートしていたのは、ダディとは違う男性でした。セクシーで紳士的な雰囲気を持っていて、ユーモアもあって周りを笑わせる天才。さらに、年上だけあり、デートでは完璧なエスコートまでこなす…。次いつ会えるかもわからない「自分だけのものにならない男」でしたが夢中でした。ただ、周りの人曰く、「遊び人」で、安定した結婚とは無縁のような人。私も、そんな手に入らない男性に恋をしてしまう多くの女性の中の一人でした。

共通の友人を通じて東京で知り合ったダディとは、お互いセクシーさのかけらも感じず、出会ってからずっと友だち同士で、恋愛相談をする仲でした。二人とも好感を抱いていたはずですが、それぞれ別の手の届かない相手に夢中だったのです。

そんなとき、ダディとその友達から、山中湖へのキャンプ旅行に、私と友人が招かれたことが大きな転機となりました。

キャンプでは、明るくて面白い同僚5～6人と楽しく冗談を言い合ったり、ふざけたりしているダディが、以前よりもっと身近に感じられたのです。その晩は楽しすぎて、つい飲みすぎてしまったのですが、ダディは私がこれ以上飲んで酔わないように、注がれたワインを代わりに飲み干してくれていました。

そして酔いを覚ますために、散歩にまで連れ出してくれました。そのときの、私を見つめるダディの優しい目。その優しさに、私の友人がポツリと、「彼、あんな優しい目で美穂ちゃんを見るんだね。あれは女だったら落ちるよね」と…。

そして私もついに恋に「落ちた」のでした。

この旅行をきっかけに、恋人として付き合い始め、ほんの数ヶ月を過ごすのですが、その直後にダディがベトナムに転勤することになったのです。

ダディがベトナムに異動してからは、遠距離恋愛が始まりました。スマホもインターネットもまだ普及していなかった時代の遠距離恋愛は、どこにいてもすぐネットでつながる今の感覚とはまるで違い、気の滅入るような値段の国際電話をかけて、相手の声を聞くのが何よりの楽しみでした。

ダディが日本に帰ってきたり、香港で待ち合わせをしたり、パリで待ち合わせをしたり。当時の長距離恋愛のほうが、大変な分会える喜びは今の倍だったかもしれません。今も良い思い出ですが、初めての二人旅、フランスでは、南仏プロバンスを旅するはずでしたが、天候が悪く、それなら南に向かって太陽を追いかけようとイタリア・フィレンツェへ。きっちり計画を立てた旅行しかしたことのなかったダディを奔放に連れ回すのは本当に楽しいものでした。

そして、付き合ってまだ一年も経たない頃、ダディから結婚を申し込まれました。家族の大切さを小さい頃から身をもって教えてくれた母を亡くしてから、自分の家族を持つ使命感でいっぱいだった私は、結婚してくれる相手、結婚を欲してくれる相手がいるという気持ちの高まりから、あまり後先を考えないでオッケーしてしまいます。「結婚を決意するのってこんなに軽くていいのだろうか」と戸惑いつつも、二人とも、結婚に憧れるティーンのように浮かれていました。

こんなすごい幸せの中にいたのに、会うことはもちろん、話すこともままならない遠距離交際は小さい揉め事から大きな争いに変わり、すぐに破局へと向かってしまいます。ダディと別れて少し経つと東京での日常が彼を忘れさせ、気づけば私は再びあの「手に入らない男」だった元カレと、また会うようになっていました。頭では「会わないほうがいい」とはわかっていても、心は違う方向へと走ってしまうもの。もちろん結婚して子どもをたくさん持ちたいという夢は、まだ私の心の奥にはあったものの、それは近くで会える元カレのドアで封鎖されてしまったのです。その後はダディからも連絡がなく、私からも連絡せず時は流れました。

そんなある日、突然ダディから連絡がありました。「週末、仕事で東京に行くんだ」と。私は「もう会わないほうがいい」と伝えましたが、運命はそう簡単には終わらせてくれませんでした。

その週末、私は元カレと食事をするために、東京のとある信号を渡っていたのですが、なんと向こうから歩いてくるダディとその友人に、ばったりと出くわしたのです。この広い東京で同じ時間に、ばったり遭遇するなんて、どんな確率なのでしょう！

そしてダディは、落ち着いた態度と穏やかな口調で、隣にいた元カレと二人で話をしました。「僕は今でも美穂を僕のフィアンセと思っていて、結婚したいと考えている」。内容としてはそんなことだったと後から聞きましたが、実際のところ何を話したのかは、今でもダディの秘密だそうです。

話し合いを終えたダディが私の元へ戻ってきたとき、今度は私と話をしたいと言い、そのまま私たちは週末をともに過ごし…。その後の展開はご存じの通りです。

奇跡の再会から、結婚へ

1997年
ベトナム

私の結婚観に影響を与えたのは、叔母からの助言でした。

「美穂ちゃん、安定した結婚を望むなら、尊敬できる人、子どもの頃お金で苦労した人、長男ではない人を選びなさい」と、物心ついたときから叔母二人に言われ続け、その言葉は、まるで呪文のように私に取り憑いて離れませんでした。

叔母二人はそれぞれ、高校のときに知り合った男性、大学時代に知り合った男性と今でも仲睦まじく、その子どもたちも近くに住み、孫たちとも仲良く、理想的な家族を築いています。そんな姿を見て育った私には、「安定した結婚」とはそういうものだと思っていました。

一方ダディの幼少期は、決して平坦なものではありませんでした。彼が幼い頃、両親が離婚し、母が家を出た後、父が一人で泣いている姿を見て「父を助けなければいけないと思い、父といることを選んだ」と言います。その辛さは計り知れません。その後、不景気で仕事につくことが難しかった義父と二人で生活保護を受けながら生活し、大学へ進学したといいます。

シングルファーザーの父との生活は厳しかったためか、ダディは自分にとても厳しく、会社で働き始めて以来、遅刻も欠勤もない人でした。そして物を大切にするところ、真面目で几帳面で整理整頓が上手なところは、私の祖父を思い起こさせました。「この人となら、一生を共にできる」と自然に思えたのです。

当時私の周りには、こだわりの強い人が多くいました。例えば社会派のトルコ映画やイラン映画を観て、それを熱く評論するような人たちです。一方ダディは、今まで観た映画で一番よかったのは「ターミネーター2」と無邪気に言う人。私は驚きつつも、「なんて素直に人生を楽しむ人なんだろう」と感動したのを覚えています。そして「この人と一緒になったら、日々のシンプルな暮らしを心から楽しめて幸せかもしれない」そう思えました。

また、ダディがあまり美術館に行ったことがないことを知って、フィレンツェでウフィッツィ美術館に連れて行って、ルネサンスの説明をしたところ、「こんなことを教えてもらったことは生まれてから一度もなかった！」と本気で感動してくれたり、普段の食事でも、普通の肉じゃがを作ってあげただけで「こんなに美味しいものを作ってもらったことはない！」と、心からうれしそうに食べてくれる、そんな純粋さに、私はますます惹かれていきました。

そして1997年、私たちは結婚しました。イタリアのフィレンツェで式を挙げ、結婚を機に、ダディの勤務先であり、最初の居住地となるベトナムに引っ越すことになり、新しい生活がスタートしました。

長男を妊娠。マタニティブルーになる

1997年
ベトナム

「30歳を過ぎると妊娠しにくくなるから、早めに子作りを始めたほうがいいよ」という友人からのアドバイスもあり、ほどほどに妊活をしていたところ、ハネムーンベイビーを授かり、二人の時間を楽しむ間もなく、つわりが始まりました。

家族や友達もたくさんいる住み慣れた東京での生活から、ダディ以外知り合いのいない国、ベトナムでの初めての主婦業は、考えていたよりも精神的に大変でした。仕事を辞めた私は、最初から社会から孤立したような寂しさを感じましたが、仕事が忙しいダディは、そんな私の悩みや辛さを理解できないようで、些細な一言が私を傷つけました。

妊娠初期というのは、見かけは妊婦だとわかりませんが、ホルモンの変化がとても激しく疲れてしまいます。私はベトナムの猛暑で、頭痛にも悩まされ、一日外へ出られない日すらありました。そんな妊娠初期の体調をダディは理解できなかったようで、私の元気がないことにいら立っている様子もありました。

ダディの仕事仲間の家に招待されたとき、頭痛がひどかった私は、家にいたいと伝えました。すると彼は、「頭痛なんてシャワーを浴びて外を走れば治るよ。急なキャンセルはできないから来るべき！」と。妊娠の体調の変化に対して、あまりの理解のなさに絶句しました。

孤独な毎日を過ごしながら、私はこのまま社会との関わりを持たず、ダディに頼っていてはダメだと気づき、妊娠中にもかかわらず就活を始めました。そして、「ベトナム・エコノミック・タイムズ」という広告会社に勤め、雑誌の広告営業の仕事をスタート。日本企業を片っ端から訪問することで、知り合いが少しずつでき始め、気持ちも楽になってきました。

出産に関しては、ベトナムには設備の整った病院がなかったため、日本かイギリスでの出産を考え、結局公立の病院でも無痛分娩ができるイギリスを選びました。そして、イギリスの公立病院で出産することを決めてから、予定日の2ヶ月前からイギリスのダディのお母さんの家に居候させてもらうことにしたのです。

異国の地で迎えた初めての出産

1998年
イギリス

「義理のお母さんの家で、初めての子どもを産むのはチャレンジじゃないか」という周囲の心配もよそに、いつもの能天気さで、義理の母と仲良くなれるチャンスだと楽観的に考え、彼女の家に滞在させてもらうことにしました。

とはいえ、イギリスの生活は予想以上に驚かされることばかりでした。義理母、義理母の明るいパートナーと仲良く一緒に過ごそうと思っていたのですが、朝はもちろん、夕食も別々に食べるので、あまり家族が顔を合わせることが平日はほとんどありませんでした。私は次第に寂しさを感じるようになり、ホルモンが崩れた妊娠後期、産前産後の気分が落ち込んだ状態になっていきました。

ほんの数ヶ月前まで、東京で毎日仕事に通い、仕事帰りには友人や家族と食事をしたり、出かけたりしていたのがまるで夢のように思い出されて、時折涙が出るのです。完全にホルモンバランスの崩れです。そのような中でもなんとか友人を作ろうと、妊婦の底力でフラメンコのクラスに入ってみたり、英語のクラスを取ったり、日本人だとわかると話しかけたりして数人の友人ができ、なんとかマタニティブルーを乗り切りました。

イギリスでは出産の際、公立病院は費用がかからず、私立は病院にもよりますが、当時日本円で100万円以上のところも多くありました。私立も公立も同じだろうとしか思っていなかった私は、義理母の家から近い公立の病院に産婦人科マタニティ病棟があるということで見学に行き、マークス&スペンサーの壁紙とカーテンが可愛らしくコーディネートされていた出産のための部屋を気に入り、その公立病院に決めたのです。また、バスタブ出産のためのジェットバス付きの大きなお風呂までついていたのも、「ここならリラックスして出産できる」と思ったのです。

イギリスの公立病院は「NHS」(National Health Service／国民保険サービス）と呼ばれ、1945年に労働党が大勝したときにイギリスは福祉国家として「ゆりかごから墓場まで」と呼ばれた通り、世界に誇る「NHS」を制定し、誰もが無料で医療サービスを受けられるようになりました。

その後、イギリスの経済力が低下していく中で、1970年代にサッチャー首相が行った政策の一環で、医療経済を立て直すために病院を閉鎖。ベッド数は以前の3／4にまで減少し、手術や入院の待機（ウエイティング）が当たり前になったそうです。ちなみに私たちがその後、２０２１年から２０２２年まで住んでいた頃は、コロナ後の最悪なときで、現在に至るまでＨＮＳは破綻寸前といわれています。

妊娠当時は、個人部屋も別料金を払えば予約できたのですが、大人数の部屋にすれば友達ができるのではないかと、私はのんきにも大人数部屋を選びました。そしてこの選択が大きな間違いだったことにすぐに気づくのです。

産後翌日に退院。涙と衝撃の体験

1998年
イギリス

初めての出産は、破水から始まり、なんと24時間たっぷりかかる長丁場でした。途中から硬膜外麻酔（出産の痛みを軽くする麻酔）を受けたものの、出産は初めてということもあり、心身ともに疲れ果てました。やっと生まれた我が子、ともやを腕に抱いた瞬間の感動は言葉に尽くせません。ただ、喜びもそこまで。その後の展開に私は衝撃を受けることになるのです。

生まれたばかりの赤ちゃんは、産湯に入れられ、身体検査などを受けた後、私の隣にぽんっと置かれたまま。「これからどうしたらいいの？」と疲れ果てて意識も朦朧となっている私は戸惑いましたが、誰も何も教えてくれないばかりか、看護師も見あたりません。日本の産院のように、授乳方法、おむつの替え方なども教えてくれないばかりか、コールボタンでナースを呼んでも誰も来てくれる気配がないのです。病棟に看護師が来たときに質問しようと思っても「泣いたら授乳しておむつを替えてね」とそそくさと行ってしまい、途方に暮れてしまいました。

さらには、食事を部屋に持ってきてくれるというシステムもなく、産後数時間の体でもカフェテリアに歩いていかなければなりません。まだ痛みもあるのに、カフェテリアまで這うようにして行き、干からびたサンドイッチを泣く泣く食べながら、「これがイギリスの公立病院の現実なのか…。」と後悔しても、時すでに遅し。また痛みをこらえて、這うようにして自力で自室に戻ると、大部屋には多くの赤ちゃんたちの泣き声が響き渡り、若いママたちは、赤ちゃんをどう扱えばよいのかわからず、途方に暮れて赤ちゃんと一緒に泣いている子までいました。のんきに「みんなでアフタヌーンティーでも楽しめるかも」と考えていた私の期待は、あっさりと打ち砕かれました。

ダディは立ち会い出産をしてくれましたが、それもまた衝撃の出来事につながりました。イギリスには「Wet the Baby's Head（赤ちゃんが生まれると、家族で出産後回復した妻とパブなどに行き、お酒を飲んでお祝いする）」という伝統行事があります。通常は出産後、母子が落ち着いてから行うものですが、ダディは、生まれたてのともやを義理母とそのパートナーが見に来た日に、私とベイビーを置いて3人でパブにお祝いに出かけてしまったのです。

産後でホルモンが乱れている私は、「ここにいて手伝ってほしい」と言いたかったのですが、ショックで言葉にならず…。うれしい日のはずなのに、ショックと出産の疲れで、一睡もできず涙したことは忘れもしません。この一件は、かなりトラウマとなりました。

さらに追い討ちをかけるように、出産翌日、看護師から突然、「あなたはとても元気そうだからもう家に帰ってください。ベッドが足りないのですよ」と言われました。日本では考えられないことですが、出産後の体で這うようにカフェテリアに行かねばならず、行ったとてパサパサのパンに薄いハムが挟んであるだけという状況よりは帰宅したほうがよかったので、私は出産の翌日に帰宅することにしました。

退院後は自宅でダディが活躍してくれました。また、病院では何も教えてもらえませんでしたが、イギリス特有の助産師訪問制度には本当に救われました。産後数週間、助産師さんが定期的に訪問してくれて、授乳の仕方やおむつ替えなどを丁寧に教えてくれたことは、本当に感謝しています。

産後2週間で長距離フライト。社宅での新生活

1998年
香港

その後私たちは、生後2週間のともやと一緒に、イギリスからダディの新しい勤務地である香港へ飛行機で移動しました。CAさんも「こんな小さい赤ちゃんは見たことがない」と驚いたほどです。幸いにも、ともやがあまり泣かない子だったことに救われ、長距離フライトを乗り切ることができました。

新居は荷物がまだ片付いておらず、家具もそろっておらず、小さなともやを抱っこし

ながらの買い物は、まさに新米ママの試練そのもの。今思えば「若さって偉大」です。

私たちが住んだのは、ダディの勤める銀行の社宅でした。そのレジデンスは、さすが競争社会の香港らしく、銀行内でのランクによって住む場所が分かれており、最初に住んだレジデンスは、ダディと同レベルの職級で、年齢的にも近く、同じくらいの子どもたちが多く住む25世帯くらいのマンションでした。

同じ時期にイギリスから転勤してきたアンディとイレーン夫妻には、ともやと誕生月が同じダニエルという男の子がいました。奥さんのイレーンは、私がともやを産んだ産院の看護師さんだったことがわかり、意気投合。お互い助け合いながら、なんとか生活に慣れることができました。

イレーンは香港に来てから専業主婦だったのですが、驚いたことは、夜は昼間働いているご主人が授乳をしていたこと。彼女は当然のように「昼間は私が授乳しているから、夜は彼が授乳をする」というのです。それをダディに話すと「じゃあ僕もやるよ」と快く引き受けてくれました。しかしながら彼の記憶では毎日やったということですが、私の記憶では数回でした。どちらが正しいかは、いまだに謎です。

当時某インターナショナル銀行の香港支店で働いていたダディ。大学卒業後すぐに香港で3年間働いていたこともあり、彼にとって香港は第二の故郷のようで友人も多く、会社帰りによく飲みに誘われていました。

一方、私は初めての土地で産後の体を抱えながら、ともやとの二人きりの生活。酔って遅く帰宅するダディをただ待っているのは精神的に辛く、産後のホルモンバランスも乱れていたせいか孤独感が募るばかりでした。

ダディはそんな私に気を遣ってか、知り合いを紹介してくれたり、家に友達を招いてくれたりしました。ただ、生後1ヶ月のともやがいながらのホスト役は正直かなりの負担でした。食事を作るだけで精一杯。友人が到着する頃には精も根も尽き果て、ベッドに倒れていたこともあります。彼なりに私に気を遣ってくれていたのかもしれませんが、その気遣いがかえって私を疲れさせるという悪循環に。

その後数ヶ月、日中をともやと二人で過ごして私はかなり閉鎖的になっていました。ダディはやりがいのある仕事をして毎日充実しているのに、私は一日中赤ちゃんのお世話と家事をしているだけ。パン屋さんでイキイキと働く人を見て、「なぜ私には仕事がないのだろう」と、そんな思いにふける日々が続きました。そして、少しずつ新しい環境に慣れていく道を探し始めました。

長男8ヶ月で仕事に復帰。香港の働き方とお手伝いさん制度

1998年
香港

ともやが生後8ヶ月になった頃、「このまま家にこもっていては気が滅入ってしまいそうで、「仕事を再開しよう」と決意しました。幸いにも当時香港には、選ばなければ仕事をいくらでも紹介してくれる会社が多くあり、履歴書を提出して、再び職場を探すことにしました。

当時、香港で働く女性にとって最大の味方は「お手伝いさん」制度でした。多くの家庭ではフィリピンなどからの出稼ぎ労働者を住み込みで雇い、家事全般を任せていました。驚いたのは、どんなに狭いアパートでも「お手伝いさん専用の小さな部屋」が備わっていたことです。この制度の後押しもあり、共働きの家庭が一般的でした。

香港では当時、外国人家事労働者の受け入れが進み、働く女性を支える環境が整えられていました。雇用者にはお手伝いさんに対して以下の義務がありました。

・月額最低5〜6万円程度の給料を支払う（このような記憶です）
・2年に一度里帰りをさせる
・週休1日制、年間有給休暇1週間、病気休暇
・雇用者は給料のほか、住居および食費を保証する
・3ヶ月間の産休
・退職金の支給

さらに、お手伝いさんには退職金や病気休暇もあり、保証された環境で働くことができました。

街中を歩けば、香港の女性たちは職場で堂々と働き、目的意識を持って男性と肩を並べ仕事をこなしています。テレビCMでも家事をしているのはお手伝いさんか男性、母親はスーツ姿のキャリアママ。一方、日本に帰ると、掃除や洗剤のCMには必ずお母さん登場で、同じアジアでもこのギャップは衝撃でした。

ただ、お手伝いさんに頼りすぎている面もあり、問題点も感じました。例えば、お手伝いさんに子育てを任せきりにしがちなため、小学校に上がっても自分で着替えができ

ない子や、家の手伝いをしないまま育ち、掃除など家事を全くできない子どもも多くいました。とはいえ、これも香港の現代家庭文化なのだと納得するしかありませんでした。

ほどなくして、私は日系銀行で副支店長の秘書として働くことになりました。

ここでは、秘書というなんとなく華やかな役職に心ときめきながらも、アクが強くて人情深い香港人の同僚たちに、呆気に取られたり学んだりしました。

例えば、支店長の秘書は、いつも肩が大きく開いたシャツや、お腹が出るほど露出の多いデザインの服を着て出社。これに対し、支店長が「もっと肌を隠す服を着てくれないか」と懇願すると、「給料が少ないから、これだけしか買えない。給料を上げてくれたらもっと肌を隠せる」と反論。これには社長も苦笑いせずにはいられない様子でした。

人間観察をするには面白い職場でしたが、一方で私は、秘書という「誰かを支える役割」よりも、自分で考えて、主体的に動く仕事がしたいと思うようになっていきました。

1999年
香港

次男誕生。至れり尽くせりの出産

秘書業務の単調さに物足りなさを感じ、「もっとやりがいのある部署で働きたい」と上司に相談した矢先、お腹に二人目がいることが判明。次男じゅんの妊娠です。仕事とつわり、帰宅してからのともやのお世話は体力的にはきつかったものの、家にこもりきりだった頃の生活に比べれば、外とつながっているだけでも精神的に救われていました。

香港の働くママを支える環境は、お手伝いさん制度に加え、妊娠中や出産後も解雇してはいけないという法制度に守られているため、安心して仕事を続けられるのです。妊娠と仕事の両立が当たり前の社会で、私は心置きなく第二子を迎える準備を進めました。

香港は、日本のように妊婦の体重制限も食べ物の制限もないため、私は妊娠するたびに豪快に25kgくらい太っていました。妊娠5ヶ月の時点で「臨月ですか?」と聞かれる巨大なお腹。そして、次男じゅんは予定より1ヶ月早く誕生。それでも3・5kgもあったので、予定日に生まれていたら5kg以上の巨大ベイビーだったに違いありません。

じゅんを出産したのは、香港が一望できる絶景を誇る「マチルダ病院」。その豪華さに、前回のイギリスの公立病院（NHS）での悲惨な体験が遠い記憶となりました。

赤ちゃんは生まれるとすぐに別室に移され、看護師さんが面倒を見てくれます。「お母さんはゆっくり休んで、何か必要だったらなんでも言ってくださいね。痛み止めは大丈夫？」と言われるほど、至れり尽くせりのサービスで、なんならもう1週間ぐらい入院したかったぐらいでした。

食事に関してもこれまた豪華で、以前香港のリッツカールトンで修業したシェフが作る料理を、毎食、洋食か中華から選べます。中華を選ぶと薬膳スープがついてきて、これが母乳に効果抜群。お粥もあり、疲れた体に染み入りました。同時期にいたママたちが、「今までの病院で一番良かった」と言っていたのも納得のクオリティでした。

出産時、看護師さんから投げかけられた質問で忘れられないのが、「日本人は、どうして無痛分娩をしないのですか？」でした。そういえば、香港で出産した日本人の友人の多くも無痛分娩を選ばない方が多くいました。「日本では自然分娩が主流だからではないかな？」と答えると、彼女は不思議そうに、「でも歯を抜くときには麻酔するでしょ？　どうして出産のときは麻酔しないのかわからないわ」と。確かに、無痛分娩は欧米では当たり前のように選ばれていますが、日本では当時「自然分娩が母としての務め」と考える風潮がまだ強かったのかもしれません。

香港では日本と同様、出産後1ヶ月は休養をします。それは「坐月子（ズオユエズ）」と呼ばれる伝統で、母体を休めるために1ヶ月間家事も料理も人に任せます。特に薬膳料理を食べることで母乳の出を良くし、体の回復を助ける文化が根付いていました。私たちも専属の薬膳料理人を雇い、毎日薬膳スープや滋養強壮の食事を楽しみました。

しかし、さすがに1ヶ月も薬膳生活を続けると、ダディは「またスープ？」と、ピザをオーダーしたり、フィッシュ＆チップスをこっそり食べに行ったりしていました。

長男ともやのときは「一緒に寝る癖」がついてしまい、別の部屋に寝かせても、夜起きると私たちのベッドに入ってくるので、私たちはいつも寝不足でした。そのため、じゅんは最初から子ども部屋で寝る習慣をつけることにしました。夜中の授乳のときだけ、じゅんの部屋に行き、その後もじゅんの部屋で寝かせるようにしました。

夜中の授乳はダディに頼むこともありましたが、じゅんは本当にミルクをよく飲む子で、母乳もミルクもあげたらあげただけ飲み、規定量では全く足りず、どんどん欲しがりました。今思えばじゅんは生まれたときから体格がよく、それだけにミルクも必要だったのでしょう。ただ、あまりにも飲んで体重が増えすぎるため、心配になり病院に行ったことを覚えています。するとドクターは「飲んでも害はないから、欲しがるだけあげなさい」と。大らかなドクターだったので、私も安心して飲ませることができました。そして、じゅんは兄弟の中でも最も大きい男の子に成長しました。

第二子じゅんを妊娠中も、長男のともやがとにかく可愛くて、「いったい、じゅんをともやと同じように可愛がることができるのか?」と、産む前まで私は不安でした。ところが、自然の原理なのでしょうか? 母は子どもを守るためか、赤ちゃんを見た瞬間、抱いた瞬間に、その不安はまるで霧が晴れるように消えていきました。母性本能のなせるわざなのでしょう、すぐに愛情が芽生えるのです。第二子も第一子と同じように愛せるものなのだと、幸せな気持ちに浸れたことは今でも忘れません。

次男の産後1ヶ月で転職し復帰

2000年
香港

じゅんが生まれて1ヶ月後、私は以前の職場を辞め、新しい職場で仕事復帰をしました。こうして仕事復帰も転職もしやすいのが香港なのです。今度はリスク管理の仕事。一番下っ端で、毎日勉強させていただきましたが、働くことがこんなに楽しいと感じたのは初めてのことでした。

しかし、日中はお手伝いさんに家事も育児もすべて任せることができたとはいえ、家に帰ってからは、私が子どもの世話、お弁当の準備、夜の授乳などをこなしていました。今思えば、若かったからできたのだと思います。でも、体には無理があったのでしょう。絶えず頭痛に悩まされ、アレルギー反応も出ていました。ただ、外で何かをする、社会に貢献しているということが楽しかったので、苦にはなりませんでした。

香港は、「猫も杓子も投資をする」といわれるほど、金融の街。私もこの頃職場の人に教えてもらいながら株式投資を始めました。買った株の値が、上がったり下がったりするのを見るのはとてもエキサイティングで、すっかりハマってしまいました。投資アナリストのレポートを毎日読んでは株に詳しくなっていきました。

この経験が、後に私が自分でひと財産（大したことはない財産ですが）を築くことにつながりました。そして気がつけば、私も香港の上昇志向文化の一員になっていました。当時、香港の多くの人々は、「いい塾→いい大学→いい企業」という方程式を崇拝しており、それには圧倒されるばかりでした。

そんな慌ただしく過ぎていく日常の中、週末には、子ども二人を連れて、香港島南部の穏やかな石澳村（Shak O village）にある石澳海灘（Shak O Beach）によく旅行したものです。しかし、行く途中で子どもたちが寝てしまうと、万年睡眠不足の私とダディもここぞとばかりに車のシートを倒して、駐車場で仮眠。車の中で4人寝ているのを見た人から、よく窓を叩かれて「大丈夫か?」と聞かれていました。それだけ、私たちは仕事と子育てに奔走していたのです。

三男誕生。子育てに専念。母としての黄金時代

2004年
香港

次男じゅんを産んで4年後、3人目となるかいを妊娠しました。このとき、私は大きな決断をしました。それは仕事を辞めて子育てに専念すること。香港での仕事復帰は、驚くほどスムーズですが、働き始めると朝8時から夜8時までの長時間勤務が続くことも珍しくなく、子どもたちとの時間がどんどん減っていくのが気がかりでした。いくつになっても働くことはできるけれど、小さい子どもたちと過ごせるのは今だけ。3人目の妊娠をきっかけに、「子どもたちの成長と一緒に歩もう」と決意したのです。

こうしてまた専業主婦としての生活が始まりましたが、これが私にとってはまさに「母としての黄金時代」の幕開けでした。同じ社宅には、かいと同じ月生まれの子どもが3人もおり、ママ友たちと公園で遊んだり、お互いの家を行き来したりして過ごす日々。プレイデート（子どもたちを一緒に遊ばせること）の計画を立てるのも楽しく、

子どもたちもママたちも、充実した時間を過ごしました。

香港の人は教育熱心で、習い事もたくさんさせます。私もずいぶんと影響され、当時小学生のともやには、公文、アート、水泳、サッカー、加えて日本人学校にも行っていたので英語も補習として勉強させていました。今考えたらやりすぎで子どもには良くなかったと思えますが、当時は周りがそうであったので、当たり前のようにたくさんの習い事をさせて、いつも時間に追われ、子どもがリラックスできる時間はありませんでした。

一方、私たちはダディの働いていた銀行の社宅に住んでいたので、周りはイギリス人の家族が多く、イギリス人の子育てから学ぶことも多くありました。子どもが赤ちゃんの頃から、ちゃんと人として接し、話をしているのです。赤ちゃん・子ども扱いをせず、約束事は一貫して守らせます。少し驚いた出来事がありました。

ほかの子のおもちゃを欲しがって泣き叫ぶ、3歳にならない子どもに対し、親はちゃんと落ち着いて、「ルーカス、これはお友達のおもちゃで、お友達が持ってきたの。あなたのおもちゃは、今日は持ってきてないでしょ？　おもちゃを取りに家に帰りましょうか？」というふうに話します。

もし無理やり取り合いが始まってけんかになっても、「あなたのではないと言ったででしょ？　今日はもう帰りましょう」と落ち着いて家に連れて帰るのです。この結果、ルーカスは、次回からは人のおもちゃを取ろうとはしませんでした。なぜなら来たばかりでも家に帰らなければいけないことを知ったからです。

さすがに3番目ということで育児は慣れたものでしたが、こうして国際色豊かなママ友たちと初めて交流することで学ぶこともたくさんありました。「私の一日はすべて子どもたちのためにある」と決めていたので、もう仕事に対する未練もなく、精神的にはとても楽でした。そしてかいのときも、じゅんのときと同様に、生まれたとたんに愛おしさに溢れ、また新たな幸せを感じました。

ただ、ともや、じゅんの二人の子ども時代が長かったせいか、かいの存在をうっかり忘れてしまうということも。忘れられないエピソードが、かいが8ヶ月のときにイタリア旅行で起こりました。

フィレンツェ郊外から市内に車で移動し駐車場に車を停め、ベビーカーをセットし、かいを乗せて、いざ出発！
大はしゃぎのともやとじゅんを車から引っ張り出し、いざ出発したのはよいのですが、何かが足りない…。ダディと「何か忘れていない？」と顔を見合わせ、かいを置き忘れていたことに気づきました。二人とも青ざめて大急ぎで駐車場に戻ると、そこにはふにゃふにゃのかいが！ ベビーカーにちょこんと座って、こっちを見て笑うかいを見て「無事で良かった」と心から胸をなでおろしました。「笑い話にしている場合じゃない」とわかっていても、この出来事は、家族の思い出として語り継がれています。

仕事を辞めて、ともや、じゅん、かいの3人を育てる中で、私は子どもたちが自分を必要とし、あっという間に過ぎてしまう貴重な時間を一緒に過ごそうと決めていました。香港のキャリア熱、教育熱に感化され、長男と次男とは、一日の大事な時間を一緒に過ごせなかったばかりか、公文やアート、スポーツ…とスケジュールを詰め込みすぎてしまったと反省したこともあり、かいのときは、バランスの取り方を学んだ気がします。かいを通じて、私は「家族で過ごす時間のかけがえのなさ」を改めて実感することができたのです。あの置き忘れ事件でさえ今は大切な思い出の一つです。

四男誕生。そして香港と涙のお別れ

2006年
2007年
香港

かいが1歳のとき、私は4人目を妊娠しました。子どもが増えるたびに育児のコツがわかり、少し余裕ができたとはいえ、まさかこんなにトントン拍子に4人目を迎えるとは、内心苦笑いでした。じゅんとかいを産んだ思い出深いマチルダ5つ星ホテル（病院）での出産を即決し、診察に伺ったときのこと。そこでばったり会ったじゅんのママ友に「4人目を妊娠したの」と伝えると、普通の「おめでとう！」の代わりに「You are crazy!（うそでしょ？）」と。確かにクレイジーでした。

まだ三男のかいが2歳にもなっていないカオスの中の4人目の出産でしたが、マチルダ病院だけはやはり素晴らしいものでした。香港のビクトリアピークの山の上にあり、香港の夜景や海が一望できる病室、高級リゾートホテルのような設備とサービス、薬膳スープ付きの中華メニューが今回も大活躍で、体の疲れを癒し、母乳もスムーズ。担当医に頼んで一泊延ばしてもらったのはここだけの秘密です。

こうして無事に生まれた四男のかづ。生まれた瞬間、やはり何度でも変わらない愛おしさがこみあげてきました。母の愛情とは無限に広がるもので、生まれたばかりのかづの寝顔を見ながら、この数日間だけの至福の時を楽しんだのでした。家に帰れば、当時8歳のともやを筆頭に6歳のじゅん、1歳のかいとの格闘が待っています。

かづが1歳半のとき、ダディの転勤が決まり、次の赴任地はインドネシアのジャカルタに。香港の快適な暮らしの中にどっぷりと浸かっていた私たち家族にとって、国をまたいでの引っ越しは思った以上に心が痛みました。

かいは社宅の同級生とまるで兄弟のように育っていたので、引っ越したくないと毎晩布団の中で声を殺して泣いていました。また、ともやとじゅんもこれまで育ってきた香港、仲の良い友達と離れることはとても辛かったに違いありません。子どもと一緒に通った道、学校や公園を見ると、ノスタルジーで心が押しつぶされそうでした。

ダディの仕事は約3年ごとに転勤のある役職だったため、いつか転勤があることは覚悟していたものの、現実には4人の子どもを連れて国をまたいで引っ越すことはなかなか大変なものでした。それでも家族全員で乗り越えるべき節目。香港での素晴らしい思い出を胸に、次のアドベンチャーへ向かう準備を始めたのです。

ジャカルタでの新生活。人生の新たな選択肢を模索

2008年
ジャカルタ

子ども連れの転勤は恒例のパターンがありました。まずダディが先に赴任し、家族は学校の学期の切り替わりを待って後から追いかけるという流れです。今回も、ダディが先にジャカルタへ赴任した数ヶ月後、私は子ども4人を連れての大移動を計画しました。この壮大な引っ越し劇、いつも何かハプニングがあるのです。

このときは、ともやとじゅんとかいを連れて一度、学校や家を下見に行くことができました。ジャカルタというと名前の響きからジャングル的なものを想像していたのですが（単純なので）、そんな想像とはまるで別世界の大都会で、タイのバンコクに似た印象を受けました。そして人々がとても親切でいつも笑顔な印象を受けました。

そしてインドネシアという国は、民族、宗教、そして自然の多彩さが詰まった秘境。東西に広がるその幅はアメリカ合衆国を超えているのです。例えばジャカルタから最東端のパプアまで飛ぶのは東京からオーストラリア北部に飛ぶような距離感。この多様性

と広大さにワクワクしたのを覚えています。

ただその当時、イスラム原理派のテロが頻繁に起こっていたため、家には24時間体制でセキュリティーガードが配置されていて、ホテルやレストランに行くときも持ち物チェックが厳しく、常に緊張感はありました。

そして、ジャカルタ生活には、ほかにもこれまでにない「大勢の人と暮らす」という文化的衝撃がありました。運転は運転手、掃除をする家政婦に料理担当の家政婦、そして子守担当の家政婦と、家にたくさんの人がいつもいてリラックスできるときがないのです。外出時も「お茶を飲みに行きたいだけなのに運転手に頼まなきゃいけない」という生活になじめず、運転は自分でしようと思い立ちました。

当時、日本の運転免許があれば、ジャカルタ用に書き換えられると聞いたので、運転免許センターへ行ったのですが、ここでまた衝撃的な展開が。日本の免許を確認することすらなく、あっさりインドネシアの免許証が発行されショックを受けました。みんながみんな申請するだけで運転の試験も何もなく免許がもらえるこの国で運転することが怖くなり、運転手生活に戻ったという一件もありました。

こうしてジャカルタ生活は、不安と発見、驚きと適応の連続で幕を開けたのでした。

かいはブリティッシュスクールの幼稚部に入りましたが、そこには「クラスママ」という制度がありました。クラスのママリーダーが、先生と保護者の連絡係をするのですが、そのクラスママがとても楽しく優しい方で、ランチ会を開催したり、プレイデートという遊びを企画してくれ、私もママ生活を楽しむことができました。

このクラスママには、インドネシア人の養子の息子さんがいました。インドネシアは貧富の差が激しく、路上生活をしている子どもも少なくありませんでした。この現状を目の当たりにした私とダディも「私たちも養子を迎えることができるのではないか」と考えるようになりました。

早速養子縁組の相談をしに行ったのですが。残念なことに、このとき私たちは40歳を超えていたため、養子縁組はできないことがわかりました。このことがきっかけで、「もう一人ぐらい子どもがいても良いのでは?」という思いが、私たちの心に芽生えることになったのです。

こういう素敵なクラスママがいるとクラスの雰囲気がぐっと良くなるものです。親たちの交流が深まると、子どもたちの仲も自然と良くなり、週末には家族同士で食事をしたり、一緒に旅行に出かけたりと、新しい環境にいながら楽しい時間を共有することができました。

インドネシアの人々が人懐こくて親しみやすいからか、じゅんも日本人学校で、ともやもブリティッシュスクールで、それぞれ素晴らしい友人たちに恵まれました。たった1年という短い滞在期間にもかかわらず、今でも連絡を取り合う友人がいるのは本当にラッキーなことでした。ここで築いた友人関係が私たちにとってかけがえのない財産となったのです。

一方ダディの仕事は極めて多忙でした。毎朝7時には家を出て、帰宅するのは夜10時過ぎ。さらに土日すらも働かないと追いつかないほどの仕事量で、寝不足が続き、精神的にもかなり疲弊していたように思います。私は友人との生活は楽しかったものの、子どもの学校のイベントにすら来られないダディに、少しずつフラストレーションがたまっていきました。

ある日、その思いがとうとう爆発。子どもたちと一緒にいられる時間すら取れないダディとの生活に、私は「このままでは家族としての意味がない」と感じるようになりました。そして、ついに大きなけんかに発展。お互いに自分たちのあり方を見直すこととなりました。

転勤願いで再び香港へ。ストレスマックスの引っ越し

2010年
香港

子どもが小さいうちというのは、特に私たち親の手助けが必要で、夫婦の足並みがそろわないとストレスが増すものです。そのストレスが夫婦の間に小さな亀裂を生み、それが少しずつ大きくなり、やがて見逃せない溝へと広がることもあります。私たちも例外ではありませんでした。

実際、以前住んでいた香港のレジデンスでは、若い夫婦や小さい子どもを抱えた家庭が多く住んでいましたが、その25組のカップルのうちなんと20組が、その後離婚してしまったのです。脅威的な離婚率ですが、彼ら全員が海外から駐在で来ており、異国での生活、頼る家族や友人がいない子育てのプレッシャー、そして慣れない環境での孤独感、そんな要因がからみ合い、気づかぬうちに関係を蝕んでしまったのかもしれません。

私たち夫婦も、家庭内のバランスをうまく取れず、日常の些細なことでぶつかる日々

が続いていました。あのとき、ほんの些細な違和感に目を向けず、感情のまま勢い余ってぶつけ合っていたら、もしかしたら私たちも同じ道を歩んでいたかもしれません。

考えた末、私がダディに告げたのは「もうこれ以上、ストレスの多い生活を続けるのは無理なんじゃない？」ということ。この一言をきっかけに、ダディと真剣に話し合い、そして「この状況を変えよう」と決断し、ダディは転勤願いを出すことを決意したのです。

香港への引っ越し前には、いくつかのハプニングもありました。例えば、不要なものを売ったり譲ったりしたのですが、当時使っていた8人乗りの日本車はインドネシアの通貨の下落で手に入りにくい渦中だったため、買いたい人が続出し値段がどんどん上がりました。そのこと自体はうれしかったのですが、「私が買うのよ」「私に売るって言ったよね？」と購入希望者が家に押し寄せる事態となりました。家の前でけんかになることもあり、身の危険さえ感じるほどでした。

その後やっと買い手が決まり、ある日の午後に受け渡しをすることになったのですが、その日の朝、またもや信じられないアクシデントが発生しました。私と子どもたちが車に乗っていると、どこからかバイクが突っ込んできたのです。車のドアは見事に壊れました。幸いケガはなかったのですが、念のために病院に行ったり、警察に行ったりと、私のストレスはマックスに達していました。てっきり「事故車は売れないのでは？」と思ったのですが、「同じ値段で良いから売ってほしい」ということになったのは、不幸中の幸いでした。

こうして紆余曲折の末、無事住み慣れた香港へ引っ越しすることができましたが、ダディの香港での仕事はあくまでも一時的なポジションで、次の仕事が見つかるまでの仮の配属でした。そのため、また異動と転勤があるのではないかという不安を抱えた状態での再スタートでした。

それでも、香港の街並みや、かつての友人たちとの再会が心を和らげてくれたのは救いでした。「家族と一緒なら、なんでも乗り越えることができる」と新しい日々に向き合っていったのです。

地中海の宝石、マルタ共和国への転勤

2011年
マルタ共和国

1年後、私たち家族は再び新たな地へと移ることになりました。次なる赴任地は、地中海に浮かぶ、透き通るエメラルドブルーの海に囲まれた、宝石のような小さな島国、マルタ共和国です。

当時、三男のかいは幼稚園の年長で、香港で築いた友達との関係をとても大切にしていました。マルタへの引っ越しが決まると、彼にとって仲の良い友達との別れは大きな悲しみだったようで、以前香港を去ったときと同じように、ベッドの中で布団を頭までかぶり、声を押し殺して泣き、私も胸が締め付けられるようでした。たった1年間の香港の滞在でしたが、子どもたちみんなそれぞれに、良い友達や良い思い出をたくさん残すことができました。そのため、離れることは子どもたちにとっても私にとっても辛いものとなりました。

イギリスの植民地を経て独立したマルタ共和国は、イタリアのシチリア島の南に位置し、チュニジアにもほど近く、歴史と自然の美しさに溢れています。石畳の小道、砂色の建物、色とりどりのバルコニーは、どこを切り取っても絵画のようでした。特に夕暮れどき、オレンジ色に染まる街並みは息を呑む美しさです。マルタ語と英語を公用語にしており、インターナショナルスクールが多くあり、子どもたちは皆自由な校風で制服もないアメリカ系のインターナショナルスクールに通学しました。

子どもたちが学校に通い始めてしばらくすると、ほかの保護者の方々から心配な話を耳にしました。当時、先生と生徒のコミュニケーションがうまく取れておらず、生徒だけではなく先生までもが次々と辞めていっているという話。そのような状況で、十分なサポートを受けられないまま不安を抱えた学校生活のスタートとなりました。

心配の種はその学校生活だけではありませんでした。私たちは子どもたちに日本語もしっかり学んでほしいと考え、小学校は日本人小学校に入れていましたが、マルタ共和国には日本人学校も補習校もなく子どもたちの日本語力が失われてしまうという不安がよぎりました。そこで夏休みの間だけでも日本語教育を受けさせたいと思い、受け入れてくれる日本人学校を探すことにしたのです。

いち早く手を挙げてくれたのが、スペインはバルセロナの日本人学校でした。バルセロナは私が大学時代にスペイン語を勉強するために1ヶ月滞在したことのあるところで、好きな都市の一つでしたので、7月の3週間、4人の子どもたちを受け入れてくれるというありがたい申し出に、私たちはすぐに準備を整え、バルセロナ行きを決めました。

到着してみると、バルセロナは6月という、最も過ごしやすい楽しい季節で、みんなすぐこの街のとりことなりました。太陽と真っ青な空が広がり、黄色い花が咲きみだれ、日陰に入れば涼しい風が吹き、人々は陽気で親切。食べ物は美味しく、何より日本人学校の素晴らしさ！

バルセロナの日本人学校は人数が少なかったこともあり、新しい生徒が来るのを学校全体で心待ちにしていました。そんなこともあり、子どもたちは登校初日から熱狂的ともいえる歓迎を受けました。先生も生徒も歓喜を持って迎え入れてくれ、子どもたちの緊張も一瞬にして取り去ることができ、何人も友人を作って帰ってきたのです。

その後の3週間は、日本語の学びはもちろん、学校生活そのものを存分に楽しめたようでした。心から楽しそうな子どもたちを見て、この体験が彼らにとってどれだけ貴重なものだったかを実感することができました。

双子妊娠というサプライズとバルセロナ移住

2011年
バルセロナ

夢のようなバルセロナの3週間はあっという間に終わり、名残惜しさをみんなの心に残してマルタへと戻りました。マルタに帰ってからも、バルセロナの不思議な魔法にかけられたように、思い出すのは楽しい思い出ばかり。子どもたちも皆同じ思いで、「バルセロナに戻れたらな」とため息をつくばかりでした。

そんな中、私がダディにつぶやいた一言「私と子どもたちだけでも日本人学校のあるバルセロナに引っ越せたらな」。それが私たちの運命を変えました。ダディもマルタの学校に満足できず、子どもたちも楽しめていないことに気づいていました。そして、私に言ったのです。

「バルセロナに戻って日本人学校に子どもたちを通わせよう」と。

ところが、その矢先、情熱の国スペインでの3週間が私たちに運んできたのは、なんと双子の妊娠という人生最大級のサプライズでした。喜びと驚きの入り混じる中、たった2週間という限られた時間で子どもたち4人分と自分の荷物を整理し、バルセロナへ引っ越す準備をしたのです。妊娠初期のつわりや疲れやすさに加え引っ越し準備という大変な仕事で、夜もあまり眠れず体中に湿疹が出たほどでしたが、乗り切ることができたのも母の強さだったのでしょう。

子どもたちとスーツケース6個だけを抱えて、8月にバルセロナへ。最初は家も決めておらず、サービスアパートメント（長期滞在型ホテル）に住み、子どもたちは新しい学校に通い始め、慌ただしい日々が始まりました。

そしてようやく、10月の初めに新しい家が決まり、その頃には私のお腹もそろそろ大きくなっていました。そこで子どもたちを集め、弟か妹ができたことを話しました。それでもバルセロナに引っ越してから、子どもたちは喜ぶというより、「うれしいけどママ一人で大丈夫？」と心配のほうが先だったそうです。そしてこの告知を聞く前に、長男のともやだけは、私のお腹が大きいのを見て、「もしかしたら？」と思っていたらしいです。その頃、ともや13歳、じゅん11歳の思春期真っ盛り、かい7歳、かづ5歳のやんちゃ盛り。ただでさえ戦争のような毎日なのに、さらに子どもが加わるとは、子どもたちも心配だったのでしょう。それでもやっぱり弟か妹が生まれてくると思うと、うれしくてワクワクしていたそうです。

思えば、バルセロナへの引っ越しは、まるでジェットコースターのように、目まぐるしいものでした。激変する環境に、子どもたちは懸命に順応しようとし、私も大きくなるお腹を抱えながら、スペイン人のように、リラックスタイムも取り入れつつ、立ち向かっていきました。

双子誕生。
ワンオペ6人子育て壮絶期の開始

2012年
バルセロナ

バルセロナに引っ越してからがあまりにも目まぐるしかったからか、引っ越してから翌年の双子出産までの記憶（毎日の4つのお弁当作り、夕ごはん作り、学校やサッカーなどへの送り迎え）は、断片的でぼんやりとしています。

そんな中で、双子の出産の当日の出来事だけは、今でも鮮明に覚えています。それは、人生初の帝王切開で、予定日の数週間前に手術の日程が決まりました。その日は記念すべき「兄弟4人で過ごす最後の日」ということで、私は4人の大好物の唐揚げを手術に行く前の昼にせっせと作りました。そして、「夜中からは何も食べないように」と言われていたのにもかかわらず、味見ぐらいならとのんきに一口食べて、余計なことを言わなきゃいいのに、ばか正直に看護師に伝えたのでした。

その結果、予定されていた午後2時の手術が、まさかの午後6時に変更されてしまったのです。飲まず食わずで過ごす妊婦の4時間延長戦はまさに拷問のような時間でした。病院の待合室で待つ男の子たちも、最初は「妹ができる」と喜びに満ちていたのに、次第に「なんでそんなに待たなきゃいけないの？」という不満顔に変わっていきました。

こうして生まれてきた二人、りあとりこは、小さい体ながら天使のように可愛らしく、その姿を見るだけで疲れも吹き飛ぶようでした。このときばかりはダディも病室に泊まり込み、授乳のときにベビーベッドからりあとりこを私に渡してくれたり、おむつを替えてくれたり、しっかりサポートしてくれました。

産後ハイという言葉がありますが、まさにその状態だったのかもしれません。心も体もふわふわと浮かぶような数日間は、疲れていたはずなのに、まるで夢見心地。すやすやと眠る双子の顔を眺めているだけで、母として最高に幸せでした。

双子が生まれると同時に、男の子4人+双子の新生児という壮絶なワンオペ育児がスタートしました。人間の脳は記憶の中で辛い経験は奥深くにしまって思い出そうとしないといいますが、たぶん脳の引き出しからこの頃の記憶は溢れてしまって、忘れることは一生ないと思うのです。

しかも今回は一人ではなく双子です。そのため授乳は当然倍の数。二人の夜中の授乳で、寝たのか、そうでなかったのかわからないまま、朝6時には4人分の朝食とお弁当作り。高校生のともやを送り出した後、双子を抱え、じゅん、かい、かづを送りにバス停へ。ベビーカーに乗せた双子を合わせて、5人を連れ歩く光景はなかなかのものです。「え？　みんなあなたの子なの？」「どうやって育てているの？」とよく聞かれたものです。

その後、りあとりこが寝てくれればラッキーで、私も少しだけ仮眠を取ることができたのですが、寝てくれない日にはそのまま二人のお世話と朝食の片付け、夕飯の買い出しに支度。ボーイズの帰宅後は、りあとりこを見ながら宿題を手伝うなど、まさに目の回るような忙しさでした。唯一の救いは大まかな掃除と洗濯を、毎日お手伝いさんに2時間ほどお願いできたことで、本当に救われました。

授乳をしていた頃は、二人ともよく寝てくれて助かったのですが、離乳食が始まると事態は一変しました。夕方になると、お腹が空いているのか、眠くなるのか、双子の機嫌は崩壊。おもちゃを取り合ってけんかが始まり、一人が泣くともう一人も泣き始め、鳴き声のハーモニーは小さいアパートにこだまします。こうなると、私も兄たちもストレスが限界に達し、私は「いけない」と思いながらもつい怒鳴ってしまい、子どもたちもますます言うことをきかなくなるという悪循環に陥ってしまいました。

ある日、長男のともやが冷静に「ママが怒鳴るのをやめれば、みんな言うことを聞くと思うよ」と言ったとき、私も限界にきていることを痛感しました。しばらく冷静になり、怒鳴るのをやめようと努力しましたが、それでも繰り返すトラブルやけんかに怒鳴ってしまい、自己嫌悪に陥る日々が続きました。

「受験」という新たな課題とボーイズの成長

2012年
バルセロナ

壮絶な毎日を送る中で、さらに追い討ちをかけるように「受験」という課題が私たちを待ち受けていました。4人のボーイズは日本人学校に通っていましたが、ここは中学までしかなく、高校は受験が必要でした。

長男のともやは当時中学2年生で、すでにYouTubeチャンネルを開設し、順調に視聴者を増やし、収益がどんどん増えていました。この成功は喜ばしく思っていたものの、彼が画面の向こうの世界に夢中になりすぎて、勉強に集中できていないのではないかと私は常に心配でした。そしてこの私のストレスは子どもにも飛び火し、そのストレスからかボーイズはしょっちゅうけんかしていたのです。

また、ともやは反抗期でもあり、じゅんともよくけんかをしていました。本来なら悩みを聞いてあげたいところでしたが、りあとりこのお世話で私も精一杯で十分サポートできていなかったこともあると思います。ですが、男の子は9歳から15歳ぐらいまでは思春期のホルモンの影響なのか本当によくけんかをするものです。

それでも子どもが6人もいれば勝手に育ってくれる部分もあるものです。もちろん長男と次男は下二人のボーイズの親分でしたから、下二人が母に反抗しようものなら遠くからでも「ママの言うことを聞け！」と一喝。この上二人がいなかったら6人のワンオペは無理だったでしょう。

そして、かいとかづの二人は、年齢のわりにしっかり育ち、というよりしっかりせずには生活していけなかったのでしょうが、宿題も学校の用意も自らやり、言わなくても上靴を洗い、食事の手伝いもして、りあとりこの面倒も見てくれて、その当時の家庭教師を驚かせました。もちろん私の救いになってくれたのは間違いありません。

特に男の子の中で一番下のかづは、りあとりこの面倒をよく見てくれて、その苦労を今でも笑い話にしているほどです。双子のうち、りこはとにかく泣く、それも劇的に泣く子で、周りからはドラマクイーンと呼ばれていましたが、あるときかづがちょっとりこの靴の後ろを踏んだだけで大泣き。それは外出先でのことで、かづも疲れてはいたものの、泣いて歩こうとしないりこを抱っこしてあげようとしたのです。それさえ拒否するりこは、わざと両手を上げて抱っこできないようにしていたこと、それ以上歩こうとしないので、目的地に向かえず困ったことなど、かづは当時を回想し語ってくれました。そして、「女の子の面倒を見るのは大変だ」と幼いながらに悟ったそうです。

この頃ダディは、マドリッドから週末だけバルセロナの自宅に戻るという生活スタイルを続けていました。ふだんのストレスを発散するため、あえて私たちは週末旅行に出かけることが多かったのですが、出かける準備さえカオスでした。ボーイズと一緒に、りあとりこを着替えさせたり、おむつを替えたりするわけですが、途中で誰かが泣き出す、けんかが始まる。そして急いでいるときに限って、りあかりこのおむつからぷ～んと良い匂い…。洋服もおむつも総入れ替えということもよくありました。

また、言葉を覚えたての頃のりあとりこは、「におい」という言葉を、「いいにおい」と勘違いしていたので、自分たちで「うんちのいいにおいがする」と言っては、兄たちに「うんちのいいにおいって、くさいのか、いいにおいなのかわからない」と笑われていました。

そしてカオスといえど、現実を離れ週末は必ずといっていいほど旅行したのは、私にとって息抜きとなったのは言うまでもありません。

周囲から見ると、上の二人（ともやとじゅん）、中の二人（かいとかづ）、下の二人（りあとりこ）が、背格好が近いからか、それぞれ双子のように見え、「双子3組なの？」と驚かれることもよくありました。

ともやとじゅんは受験などでストレスが多く、多感な時期でしたが、小さな妹がいることで癒される部分ももちろんあったようです。そして自然と家にいることが多くなり、家族全員で過ごす時間が増えたことは、私にとっても大きな喜びとなりました。

こうして6人きょうだいは、家にいる時間や週末旅行、私が忙しく走り回る中で、それぞれの絆を強いものにしていったのです。けんかをしながらもお互いを思いやり、支え合い、「家族」という社会の中で成長していきました。

作っても作っても足りない食事

2012年-2018年
バルセロナ

毎日の食事作りは、終わりなき戦いでした。どんなに食材を買い込んでも、次の日にはすべて消費される。肉、魚、野菜、2kg単位で買っているのに、2日と持たないのが我が家の日常でした。それもそのはず、6人の子どもの食欲は果てしなく、ともやとじゅんの口ぐせは、「これだけ？」「足りなくない？」「うち、食べるものなくない？」という永遠の問いかけでした。

ある日、市場で大量の食材を買い込んでいると、「どちらのレストラン？」と聞かれました。どうやらいつもの買い物の量が尋常ではなかったようです。中国系のスーパーからは、チンゲンサイをサービスで一箱つけてもらったことも。さすがに持て余してしまい、ご近所さんに配って回ったのはいい思い出です（笑）。

当時は今のようにＵｂｅｒ Ｅａｔｓなどのオンラインフードデリバリーサービスがなかったうえ、りあとりこを連れての外食はそれこそ不可能に近く、毎日子ども６人分の食事を朝昼晩作っていたわけです。平日は４人分の朝ごはんとお弁当のため、お米は７合炊き、男の子たちのお腹がお昼まで持つようにと、ご飯と具だくさんのおみそ汁と、卵焼きや焼き魚などを作り、おみそ汁のみそを入れる前に、りあとりこの離乳食のために少しだけ取り分けておきます。夕方には夕飯の支度です。スペインにいる間、この繰り返しを７年間続けました。「全くよく続いたもんだ」と自分でも感心します。

こんな日々の中で、盛り付けをキレイに見せようとか、お弁当を色とりどりの幕の内のようにするとか、ほとんど無理でした。一度ともやに、「ママ、もっとほかの人のお弁当のようにキレイに作って」と言われたことがありました。日本人学校の子どもたちのお弁当はカラフルで豪華だったそうです。ハンバーグや唐揚げ、オムライスに、おみそ汁、そうめんなどが並んでいて、どうやらうらやましかったようです。

それを聞いて、ふと自分の中学生時代の思い出がよみがえりました。共働きだった私の母が作ってくれたお弁当は、6年間コロッケとせん切りキャベツという極めてシンプルなものでした。専業主婦のお母さんが作る華やかなお弁当と比べて、少し残念だった記憶があります。ただそのときも母に専業主婦になってほしいと思ったことはありませんでした。少々お弁当が質素でも、学校の先生をしていたこともあり、話も面白く、刺激を受けたことは間違いありません。

ですから、我が子どもたちもお弁当に対して文句は少々言っていても、うちの子どもでいることをありがたく誇りに思ってくれていると信じています（勝手な自信）。

ちなみに、洗濯物の量もまた、子ども6人分ですから、まさに終わりなき戦いです。1日2回洗濯機を回すのは当たり前。大変なのは誰かが病気になったとき。家庭内感染をした日には、誰かが吐いてシーツを汚す、洗う…。この繰り返しが起きたときは地獄でした。洗っては乾かし、また洗っては乾かすことが永遠と続きます。

子育て真っ盛りの時期は洋服を買いに行く時間すらなく、季節の頭に大量に洋服を買ってそれを着倒す勢いで着るため、意外にもおさがりがないという事態に。みんなボロボロになるまで一着を着続けていました。靴下の数も大量でどうしてなのか片方がなくなってしまうのです。これは謎でしかありませんでした。

「ママ、ボク着るものがないんだけど…」「体操服がないんだけど…」子どもたちからは頻繁にこのようなクレームがありました（笑）。

2018年
バルセロナ

ダディの早期退職。すれ違いの表面化

8年続いたバルセロナでのワンオペ育児は、2018年にダディの早期退職という形で終わりを告げました。それまでインターナショナルバンカーとして世界を飛び回り活

躍していたダディが、突然、24時間家にいることになり、我が家はまた変化の時を迎えたのです。

ダディは5年間の単身赴任生活をマドリッドで送り、週末だけ家族と過ごすというリズムに慣れていました。当然、バルセロナには気軽に話したり飲みに行ったりする友人もおらず、退職後の生活に目的を見出せないまま、一日を過ごすようになりました。それまでの忙しくも充実した日々から一転して、自分の居場所を見失ったかのように見えました。

一方で、私は一日中家にいるダディに戸惑いを感じました。子ども6人の食事や家事に追われる毎日。そんな中で、頼りになるどころか、何もしない、まるで粗大ゴミ（ごめんね、ダディ）のような彼に、どうしても優しく接することができませんでした。「家にいるなら家事を手伝ってほしい」「私がこれまでどれだけ大変だったか、せめてわかってほしい」、そんな思いがくすぶっていました。学校行事や宿題、受験などの手伝いもほぼ私一人でやっていたのに、突然やってきて、食事、子育てにダメ出しされるように感じることもあり、次第に私たちの間には小さな言い争いが増えていきました。

ダディの立場から見れば、家族の中で自分だけが置いていかれるような孤独感があったのかもしれません。当時、子どもたちが日本語学校に通っていたこともあり、家の会話はほとんど日本語。食事中もダディは一人でポツンとしていることもありました。

ダディもまた新しい生活の中で不安や孤独と戦っていたのでしょう。でも、当時の私は彼をケアする余裕など持てず、むしろ「なぜ家にいるだけで何もしないの？」といういら立ちが募るばかり。

私たち夫婦は、再び一緒に暮らし始めたものの、その間にできた溝は埋まるどころか、むしろ広がっていったのです。

一筋縄ではいかない子どもたちの進学問題

2018年－2020年
バルセロナ

「イギリス人の父と日本人の母を持つ我が子たちには、両方の言語と文化をしっかり学んでほしい」。そんな親心から、私たちは引っ越しのたびにさまざまな教育方針を模索してきました。世界的な言語である英語は比較的習得が楽であることと、ダディの仕事上、どうしても英語は公用語となることが多かったので、最低でも幼稚園から小学校まではは日本の教育を受けさせようと夫婦で決め、実行してきたのですが、これがまた一筋縄ではいきませんでした。特に日本人学校からインターへ転校するタイミングなど、進学に関しては親子共々悩みどころでした。

中でもともやは長男で初めての子育て、また彼自身が中学生でYouTuberになったという特別な事情も重なり、高校をどうするかを悩みました。ロンドンの全寮制の日本の高校か、バルセロナのアメリカンスクールかで迷いに迷い、結局彼はバルセロナのアメリカンスクールを選択しました。

次に続くじゅんも同じ学校を希望しましたが、当時メッシやシャキーラ、イニエスタなどセレブの子どもも通う人気のある学校だったため、運悪く空きがなく、イギリス系の私立高校へ進学しました。

ともやとじゅんに関しては、香港の学校で英語を学んでいたため英語の心配はなく選択肢が多くありました。ところが、かいとかづは、バルセロナの日本人学校で過ごした時間が長かったため英語が完璧ではありませんでした。そこでまた私たち家族は選択を迫られることになったのです。

イギリスへの移住を決断

2021年
イギリス

バルセロナの日本人学校で過ごした時間が長かったかいとかづは、英語力が発展途上でした。ダディが退職し、仕事の都合で住む場所を決める必要がなくなった今こそ、子どもたちの語学力、アイデンティティ形成のため、イギリスへの移住を決意しました。

2021年、ダディ、私、かい、かづ、りあ、りこの6人で、初めて子どもたちと、ダディの母国に住むという大きな期待を胸に、イギリスに引っ越しをしたのです。

しかし、現実は甘くありませんでした。特にかいとかづは、あまりの課題と試験の多さ、また学校の友達との距離感に悩み、徐々に塞ぎ込みがちに。時には学校に行きたがらない日もありました。

このとき、「休みたいなら一日くらい休んでもいいんじゃない?」という私に対してダディは「一日たりとも休むべきではない！」と、厳しい対応。というのも、ダディは「父親の言うことは絶対」というルールの下で育ったため、子どもたちにも同じ姿勢を求めたのです。ところがこの厳しさは長男と次男の世代には効果を発揮したものの、新しい世代であるかいとかづには通用しませんでした。時代も変わり、子どもたちの感性や教育環境が違っていることに、私たち夫婦も徐々に気づき始めたのです。

私たちはこうして、夫婦や親子としてのあり方、教育方針を改めて見つめ直すことになりました。一筋縄ではいかない子どもたちの進学問題や夫婦間の葛藤、これらの試練は、家族としての絆を強めるためのプロセスとなったのです。

2章

夫ともう一度恋に落ちるとき

Cuando te vuelves a enamorar de tu esposo después de 25 años

夫ともう一度恋に落ちて

Reenamorarme de mi esposo

- 初めて会って恋したときのクールな面影はもうあまりないけど、家族を大切にする、**たまにユーモアがあるイケオジ**になったと思う。
- 私の理想の男性は、ロマンチックな料理好きな人で、ダディとはほど遠かったけど、必要なときは**日本のお弁当も作れる男**に成長した。
- イタリア人のようにロマンチストではないけど、そのかわりほかの誰かにロマンチックなことを言う心配はなかったし、**これから先も心配の必要はなさそう**だと思う。

●すらっとして長身でかっこよかった昔が懐かしいけど、**今のダディの胸のほうがふわふわ**で寝心地が良い。

●口うるさくてイヤになることもあるけど、**家族全員のパスポートの更新**を忘れることがないのは几帳面なダディのおかげ。

●足に問題が出てきて、前のようにランニングもできなくなってしまったけど、**車は人一倍安全運転**なので安心。

●若い頃は世界経済や政治の意見が合わず、大げんかをしていたけど、私たちがそんなけんかをしても**世界は変わるわけではない**し、そんな元気ももはやなくなった。

●ビールが大好きでお腹も出ているけど、ビールを飲まないでナイスボディでいる人と一緒にいるより**人生楽しめている**と思う。

- 早期退職して、家にずっといるから、イラつくこともあるけど、誰かが家にいると**安心して外出できる**し便利なことが最近わかってきた。
- 彼も歳を重ねているから、私も**歳を重ねることに不安がない**。お腹も同じように出てきたし。
- ダディがどう拒否しようともう60歳。でも大丈夫。私も来年60歳になるから。**一緒に歳を取って**おじいちゃん、おばあちゃんになって、孫の面倒を見るのも楽しいじゃない？
- 違う国に生まれて違う言葉を話すけど、いいところも悪いところも含めて、もはや**言葉以上に相手を理解**し合えるようになった。
- ダディはジェームズ・ボンド（007）じゃないけど、家族に何かあったときは**命懸けで守ってくれる**と信じられる。

……一緒に歳を重ねた今だからこそできる
夫との恋があると気がついた。

「今のままなら、別れたほうがいいのかも」

子どもたちが小さかった頃は、夫婦間の不満やストレスを忙しさで紛らわし、見て見ぬふりをしてきましたが、子どもたちに手がかからなくなってからは、その課題から逃げることはできなくなりました。夫と向き合うのか、それとも別々の道を選ぶのか？ 二人の関係性についていやでも考えなければいけない時期が訪れたのです。

コロナ禍で大げんかをしたある日、ダディが静かに言いました。

「僕たち、趣味も違うし、何も一緒にしない。このままだったら、別れたほうがいいのかも。今ならまだそれぞれ別のパートナーを見つけることもできるのではないか」と。

その言葉に息を飲んだ私。新型コロナのさ中で世界が揺れる中、私たち夫婦の関係も危機を迎えていました。

でも、それはただの始まりでした。仕事人間だったダディの「ミッドライフクライシス」と、私の「更年期」が複雑に絡み合い、些細なことで言い争いが絶えない日々、お互いにミサイルを発射し続けていました。

「カウンセリング」という新たな一歩

そんな状況で、ダディが私に何度目かの提案をしました。「カウンセリングに行こう」と。それ以前は「どうして私たちのことを何も知らない人に悩みを話さなきゃいけないの？」「友達に話して聞いてもらえばいいじゃない？」と、反発していた昭和生まれの私も、この時ばかりは少しだけその価値を信じてみようと思ったのです。

欧米では、夫婦や家族の危機をカウンセラーに相談するのはごく一般的です。夫婦それぞれが抱える問題を客観的に見てもらい、どうすれば良い方向に進むのかアドバイスをもらうのです。それを魔法の解決策だとは思っていませんが、「友人や家族に愚痴をこぼしているより、プロの意見を聞くことは建設的かもしれない」と思えました。

私たちがカウンセラーに相談した中で、最も印象的だったのは、「二人でお互いに楽しかった思い出を書き出す」というアドバイスでした。最初は疑心暗鬼でしたが、ダディと過ごした時間を振り返りながらノートに書き出していくと、心の奥深くにしまっていた記憶がよみがえってきました。

恋人だった頃の何気ない幸せ、例えば、フィレンツェでのロマンチックな結婚式、夕暮れのアルノ川沿いを手をつないで歩いたこと、酔った勢いで買ったアコーディオンを橋のたもとで弾いて投げ銭をもらって二人で大笑いしたあの日。その瞬間、心の中に温かな光が差し込んだことを思い出しました。ダディもノート2ページ分ぎっしりと思い出を書き綴っていました。「僕たちはまだここにいる」と。その確信が私たちを少しずつ変えていったのです。

「私たちはまだやり直せる。ポジティブに、仲良くできる方法を探そう」と二人で誓い合いました。スペイン語で「愛」を意味するアモール。その言葉が象徴するように、私たちはパートナーとしての愛情やときめきを再び育む努力を始めたのです。

まず始めたのは、二人だけで朝の散歩をすることでした。これまで忙しさに追われ、そんな余裕を持てなかった私たち。けれど、散歩の間はスマホも見ず、ただ話をするだけ。その時間が、私たちの心の距離を少しずつ近づけてくれたのです。

ハネムーンの思い出の地を再訪

その後、私たちは思い切って結婚の思い出の地、フィレンツェを再訪することにしました。27年前の6月、初夏の柔らかな陽の光に包まれたフィレンツェ郊外にある、緑に囲まれた丘の上の小さな教会での結婚式。街全体を見渡せる丘の上のホテルでのレセプション。再訪してみると、すべてが懐かしく、温かい思い出に満ちた場所でした。

あの日と同じ、アルノ川沿いに映る、黄色や、オレンジ、茶色のグラデーションのイルミネーションを眺めながら、私たちは手をつないで歩き、人生で一番と思えるほど感動した思い出のレストランで、ビステッカ・アッラフィオレンティーナ（フィレンツェ名物のビーフステーキ）を食べたり、思い出の教会へと訪れたりしたのです。

それは、ダディに「また恋に落ちそうだよ」とまるでロマンチックなイタリア人が乗り移ったような言葉をささやかせた魔法の小旅行でした。そして私もこのイタリア人が乗り移ったダディに再び恋をしたのです。

ポジティブな言葉や行動を積み重ねて

「I love you（愛している）」

「I appreciate you（すべてのことに感謝している）」

一日の終わりに、この二つを必ずダディに言ってもらうというルールも作りました。そして、私も、「I love you, I appreciate you,too（私も愛しているし、感謝している）」と、ダディに返事することにしたのです。

最初は半ば無理矢理で、口先だけで言っていたダディも、言っているうちにそう感じてきたそうです。私も、言葉にすることで心に刻み込まれるものがありました。

そしてけんかをしても「エマージェンシー・ハグ（緊急時のハグ）」を欠かさないようにすることで、イライラを静めてから眠りにつくようにしました。

また、それぞれ相手の趣味に興味を持つ努力も始めました。例えば、ダディは私が好きなアートや料理に対して、私はダディの好きなサッカーやF1に対して、興味を持って一緒にやってみたり観たりすることにしたのです。全く違う価値観を持つ別々の人間だからこそ、相手の世界を知ることで、お互いに新しい発見がありました。

相手を変えようと思わない

皆さんも経験があるのではないかと思いますが、パートナーが家にいないときのほうが、家事がはかどると思うことはありませんか？　料理も掃除も洗濯も、ささっと気持ち良く、自分のペースですませることができると思いませんか？

でも、最近気がついたのですが、いら立ってしまう理由は、相手に「期待」しているから。自分がゆっくりする暇もなく、あれをやったりこれをやったりと動き回っているとき、「少しぐらい手伝ってくれてもいいのに」と思ってしまう、そしてその期待を裏切られると、いら立ちに変わるのではないかと思うのです。

そこで私は、思い切って相手に期待しないことにしました。隣でのんびりされていてもそれはダディのスタイルだと思うことにして、たまには私もその隣でのんびりすることにしました。そうするともちろん、キッチンは汚いままでしたが、ある日不思議なことが起きたのです。

私がのんびりしていると、反対にダディがキッチンを片付け始めたのです。実際私がワンオペをずっとやっていたために、なんでもサササッとやってしまいすぎていたのかもしれません。そして片付けをしてくれたことは、うれしい驚きとなり「ありがとう」と私も思わず笑顔になったのです。

一人で抱えず、助けを求める

かつての私は「肝っ玉かあちゃん」を地で行くような生活をしていました。料理、洗濯、掃除、重いものを運ぶことすら。頼むくらいなら自分でやってしまったほうが楽というのもあったし、人に頼むことにどこか引け目を感じていたのかもしれません。

でも、8人分のご飯を炊いて、みそ汁を作り、メインのおかずを作りながらその合間に洗濯したり、掃除をしたり。アクロバティックな技をこなしていると、途中でパニックになるのです。そして、「ちょっと、誰か来て手伝ってよ」とか、「ダディ、この野菜切って！　今！」とキレてしまい、怒鳴り口調になってしまうのです。そりゃあ、みんな手伝いたくなくなりますよね。

ダディから、「何かしている最中に急に言われると、こっちもイラつく」と言われると、またこっちもイラつくのですが、冷静に考えればその通りです。自分が何かに集中してやっている最中に「今すぐこれやって！」と言われたら、そりゃあ不機嫌にもなると思うのです。

そこで私が学んだのは、「頼むなら計画的に、優しく」ということです。ギリギリまで我慢して「爆発」するのではなく、余裕のあるときに「これとこれをお願いしたいんだけど、あとで時間があるときにお願いできるかな？」と、柔らかく頼む。これだけで相手の反応がガラリと変わるのです。

最近では、家族も快く手伝ってくれるようになり、私自身も心にゆとりが生まれました。以前は「助けを求めるなんて自分が怠けている証拠じゃないか」と思っていましたが、それが大間違い。助けてもらうことは、家族やパートナーとの絆を深める素敵な機会なのです。

そして「ありがとう」の魔法の言葉も忘れずに。「ダディ、野菜を切ってくれて本当に助かったわ」なんて言うと、彼もうれしそう。次回のお手伝いへのモチベーションも上がります。だから、無理はやめて、少し肩の力を抜いて、家族に甘えてみるのも悪くありませんよ。

時には、本音を伝えることも大切

結婚したとき、親戚一同からのアドバイスはただ一言。「結婚は我慢」。当時の私は「なるほど、それが幸せな結婚の秘訣なのね」と妙に納得してしまったのですが、実際その言葉に助けられた部分もありました。結婚生活は忍耐の連続ですから。

とはいえ、最近気づいたのです。我慢しないで伝えることで救われる場面もあると。もしかしたら、我慢しなくなったというより、素直になれたというべきかもしれません。口から先に生まれてきたと言われるほどおしゃべりな私ですが、案外、意地を張って本音を伝えないこともあったのです。

その一例がダディの歩くスピード問題。ダディは歩くのが速い、速い！　それも、ジェット機かというくらいに。特に私が動画を撮りながら歩いているとき、気づけばダディの後ろ姿が豆粒ほどに小さくなっている。何度も「ねえ、もうちょっとゆっくり歩いてよ」と軽くお願いしてきましたが、彼にとって私のペースはイライラの種だったようで、いつも私は本気で言うのを諦めていたのでした。

それでも、先日の出来事はさすがに黙っていられませんでした。飛行機に乗るため、スーツケースにお土産、カバンを抱えてダディの後を追う私。気づけば、ダディはほかの乗客に混じってどんどん前に進み、あっという間に搭乗口を通過。私はというと、大荷物に埋もれながらほかの人々に抜かれ続け、最後には文字通り「おいてけぼり」。やっとの思いで飛行機に乗り込むと、そこには優雅に窓際でくつろぐダディの姿が。

「ここは夫婦。少しぐらい妻を待つべきじゃないの？」と心の中で叫びながら、今回はしっかり伝えることにしました。「置いていかれて、妻としてすごく悲しかった」と。子どもたちは自分で飛行機に乗れます。他の夫婦たちは夫が妻の歩調に合わせ荷物をちゃんと手伝ってあげていることも説明したのです。

それ以来、ダディも本来あるべき英国紳士となり、ちゃんと妻を待ってくれるようになりました。「これは！」と思うことがあれば本音で話すことが大切なのです。

おしゃれは、夫婦仲をよみがえらせる最強の魔法

でもね、夫婦仲良くいるための最大の魔法ってなんだと思いますか？

それは「キレイでいること」。

弟が昔よく言っていたことがあります。

「美しくて仕事も頑張っている妻がいたら、僕はさっさと仕事を切り上げて、買い物してごはんを作って待つよ。可愛い顔でありがとうと言ってくれたら家事ができなくてもオッケー」と。

半分冗談、半分本気。彼なりの哲学だったのでしょう。

就職活動のときも、「商社や銀行の面接で一番緊張するのは、おじさん軍団との面接じゃなくて、受付のキレイなお姉さんと最初に目が合う瞬間だ」と言っていました。男という生き物は、悲しいかな、本能的に「美しいもの」に弱い生き物なのです。

「ねえ美穂、そろそろ結婚するかしないかの答えをくれないかい?」

なんて、昼間っから、ダディのプロポーズ大作戦が復活したのは、私が「自分をキレイにする時間」を取り戻してからのこと。

子育てワンオペ時代は、そんな余裕なんてなかったけれど、ジムに通い、ネイルをし、ヘアケアをして、少しおしゃれを意識するようになったら——。

あれ? ダディの目つきがやけにロマンチックになっている?

「美しい妻を今日デートに誘いたいんだけど」

なんて、まるで恋人時代に戻ったかのような甘い言葉も飛び出すように。


でも、これは「夫のためにキレイにしましょう」という話ではないんです。

「自分のために、自分を大切にすること」。それが結果的に、夫婦関係をより良くし、新たなロマンスを生むのだと思います。

何でもない日でも、ちょっとヘアメイクして、いつもとは違うスカートをはいて、お気に入りのイヤリングをつける。それだけで気分が上がるし、自信を持って過ごせる。

そして、もしかしたら、またプロポーズされるかもしれませんよ。

3章

愛をもって接すれば、愛ある子に育つ

Con amor,
criarás a hijos llenos de amor

子どもがママをウザがるとき

● **「ママ、それ、前も聞いたよ」**

「その曲歌っているバンド名はなんだっけ？」って、ほんとママ、それ何回聞いた？

● **「それ、この前、説明したよね？」**

「I am cooking」っていうのは、「宿題とかを頑張っている」っていう意味のことで「I'm cooked 」っていうのは、「たくさん宿題がありすぎて人生終わった！」って意味で使うんだけど、ママは使わないほうがいいよ。それにこれ、この前も説明したよね？

¡Mamá, déjame en paz!

●**「私たちは瞬間移動できないから」**

私たちのことを呼んでから10秒後にまた、「早くきて！」って叫ぶの、やめてくれる？　私たち、キッチンに瞬間移動できないから。

●**「人の邪魔だから」**

ママ、道の真ん中で急に立ち止まって話し始めるのはやめて！　ほかの人が通れないし迷惑でしょ。

●**「聞こえてるよ」**

電話をなんでそんなに大声で話すの？　ママの声、町中に聞こえてるよ。

●**「ママの時代じゃないから」**

そういう洋服はもう着ないんだよ、今の子どもたちは。ママの時代とは違うから！

● **「もうちょっと、違う意見もあるってこと、わかって」**

ママって、こうだって思ったら、その意見を変えないよね。ほかにも意見があるんだよ。

● **「一人にして欲しいのに」**

一人でいる時間が必要だから、ママ、部屋を出てくれる？　ドアも閉めといてね。

● **「予定は早めに教えて」**

え、今日ドライブしてランチしに行くなんて、聞いてないよ？　30分前に言うの、やめてくれない？

● **「ティーンエージャーは活動する時間帯が違うんだよ」**

なんで「早く起きて」って言うの？　ティーンエージャーは脳が働き始める時間が、大人より遅いってことが、脳科学の研究でわかったんだよ。本当は、学校も昼過ぎから始めるべきなんだよ。

…その瞬間は頭にくるけど、後で納得することも多い。

「やれやれ」の口調に、ママはしょんぼり。

子育て観に影響を受けた母のこと

私の子育てに影響を与えたのは、紛れもなく母でした。

母は中学校の、昔流行ったドラマの「金八先生」のような熱心な教師でした。生徒たちの「お母さん」でもあり、男女平等、反戦運動、差別をなくす運動などを積極的に行う活動家でもあり、なんでも器用にこなすスーパーウーマンでした。ただし、家の中ではそれとはほど遠く、物を一部屋に無理やり押し込んで片付いたように見せかける「緊急お客様対応」が日常茶飯事。そんなギャップのある母が、私の心の支えでもあり、子育ての模範でもあったのです。

母は学校で「問題児」といわれる子どもたちに、誰よりも寄り添い続けました。当時の不良といえば、リーゼントに茶髪、腕を組んで「なめんなよ」というスタイルが定番。そんな彼らが、家に来てはかくれんぼをし、クイズ大会をし、私たち小さな子相手に本気で遊んでくれたのです。今思えば、なかなかシュールな光景でした。

私たちにとっては、よく遊んでくれる楽しくて良いお兄ちゃんたちにしか見えませんでしたが、彼らは家庭に問題を抱える子が多く、時には家出をしたり、夜中まで遊び回る子も珍しくありませんでした。

夜中に「うちの子がいない！」と電話がかかってくると、母はすぐ飛び出していき、街中を探し回って見つけると、静かに話を聞いてあげていました。

母の信念は、「子どもを信じること」。「子どもは信じられていると感じれば、必ずその信頼に応えようとする」といつも言っていました。彼らが「問題児」として扱われる中でも、母はその優しさを信じ続け、そしてその信頼に応えるように、彼らも母の言葉には耳を傾けたのです。

母の教育方針を振り返ると、私たち子どもにも同じように接してくれていました。「あんたらはなんでもできる能力があるけえ（あるから）、自分のやりたいことを信じてやりなさい」と常に励ましてくれました。そして、さまざまなことに挑戦する機会を与えてもらったのです。

週末の母は教育熱心なアクティビティ・マスターでした。美術館、コンサート、ハイキングにキャンプ、陶器作りや、はにわ作りまで、母の計画力にはいつも驚かされました。忙しい日常の中でも、子どもに文化、自然に触れる多様な体験をさせてくれたことは、今の私の子育ての軸になっています。

残念なこととして思い出すのが、私が小学生になったとき、ほかの女の子たちはみんな可愛い色の手さげや筆入れを持っているのに、私だけは母の黒い買い物袋に母が使っていた布の筆入れだったこと。自分の筆入れを机に置くのが恥ずかしく、泣きついた末に近所の店で「普通の筆箱」を買ってもらった日のことは今でもよく覚えています。

男女平等を訴えていた母にとって、フリフリの可愛い洋服なんてもってのほか。でもそれは私の時代だけ。それはだんだんと緩くなり、妹のときは可愛い筆箱に可愛い洋服をちゃんとそろえてあげるようになっていたのです。最初の子どもは、親の「試行錯誤」の対象になりがちですが、それは親も子どもとともに成長している証拠でしょう。

私も同様に、最初の子ども、ともやのときは、すべてのチャンスをあげたいと思うがゆえに、習い事地獄に陥れてしまいました。そして二人目からだんだんと自分なりの子育てを確立していったのです。ちなみに私が小さい頃、可愛い洋服や小物を与えてもらえず悲しい思いをしたことから、りあとりこには思う存分プリンセスのドレスを着させてあげました。すると、小学校に上がった頃にはもう飽きてしまったのか、現在に至るまで「可愛いもの」を全く欲しがらなくなりました。一方、私はずっと憧れていた反動か、今でも許されるならプリンセスドレスを着たいと思ってしまうのです。

母の葬儀には、遠方から夜中に駆けつけた昔の生徒たちがたくさんいました。「先生に救われた」「先生がいなければ今の自分はない」と涙ながらに語る姿に、母がどれだけ愛情深く生徒たちに接していたのかを改めて感じました。

母も、そして私も完璧な親ではありません。ただ、母の信念である「子どもを信じること」「愛を持って接すること」だけは、私も子どもたちに伝えたいと思っています。「この家族に生まれて良かった」と子どもたちに思ってもらえたら、「それで十分」だと思うのです。今、6人の子どもたちはそれぞれ自立し、兄弟仲も良く、私にとって何よりの誇りです。そして時々ふと思うのです。「母も天国で、あのコロッケとキャベツだけのシンプルな弁当を持ちながら、笑っているのかな」と。

子どものことを信じて話を聞く

「たとえ外でけんかしても親は子どもの味方である」という安心感。これは私が母から受け継いだ大切な子育ての軸です。もちろん、うちの子どもたちが「絶対に悪いことをしない」なんて、さすがに思っていませんが、それでもまずは子どもの話を聞く、これだけで子どもは心を開いてくれます。

例えば、昔ある日学校から「ともや君がいじめをしている。今回の件はともや君が悪いので、相手に謝るように」という連絡が入ったことがありました。私の脳裏に「えっ?

ともやが?」と、一瞬不安がよぎりましたが、本人にすぐにこう伝えました。「ともやが本当に優しい子だとママは知っているよ」と。

まずは信じること、そして落ち着いて彼の話を丁寧に聞くことにしました。その結果、学校側の誤解であることがわかり、双方に納得してもらえたのです。

子どものペースを尊重する

私も、以前は「宿題やった?」「まだ? 早く!」と口うるさく言う典型的な「ガミガミ母ちゃん」でした。が、ある日、イギリス人の友人が言ったのです、「子どもには、ダラダラする時間も必要よ」と。

友人の家では、帰宅後の1時間は自由時間。「宿題しなさい」なんて一切言わず、リラックスタイムを優先していたのです。試しに私も真似してみました。口をつぐんでひたすら待ちました。最初は、難しいのですが、慣れてくると、私にも自由ができるし、ストレスにならなかったのです。

すると、「そろそろ宿題やろうかな」と自分から動くではありませんか。結局、子どもには自分のペースがあるんです。大人も仕事終わりに、ちょっとコーヒーを飲んでから家事をするほうがはかどりますよね？　子どもだって一緒なのです。

「できて当然」と思わない

先述の通り、長男のともやには私たち夫婦の期待をすべて押し付けてしまっていたように感じています。やりたかったゲームを制限したり、水泳、サッカー、ヴァイオリン、公文など、習い事をたくさんさせたり。そして、英語と日本語を完璧にさせたいという思いもあり、イギリス系のインターに通わせながら、毎日日本の進学塾にも通わせていたため、彼は小学校で読み書きが完璧でした。でも、当時の私たちはそれを「できて当然」くらいにしか考えていなかったのです。

あるとき、テストで良い点をとったともやから、「ママ、ぼくにすごいねって言って」と言われたのです。これにはドキッとしました。そういえばともやをほめてあげたことなんてかつてなかったかも…。この一件から、私はほめることを意識的にするようになりました。例えば「あなたみたいなハンサム、見たことないわ」とか、大げさなくらいにほめるようにしています。

一方ダディも、ともやに厳しく、時には殴り合いのけんかもしていました。ともやは中2でYouTuberになり、イギリスのゲームの会社と契約をするほど頑張っていましたが、銀行勤めのダディにはそれがなかなか理解できなかったようで、ともやの実績を認めようとしませんでした。

そこで、私はダディに「ともやがやっていることはすごいこと、普通はできることではないから、そこは認めてあげてほしい」と、YouTubeで成功することの難しさについて説明してきました。

ダディの態度は少しずつ軟化し、ともやの取り組みを認めるようになりました。そして、時々、「新しい動画、見たよ」「あの動画は良かった！」と声をかけるようになり、二人の関係も少しずつ穏やかに、そして良い方向に変わっていきました。

子どもが努力をしていることや成果を出したとき、それを「当然」と思わず、きちんと認め、ほめることがどれほど大切かを改めて実感しました。ほめられると脳内には「オキシトシン」という幸せホルモンが分泌され、親も子どもも幸せな気持ちになるそうです。それが自己肯定感につながり、自信のある子どもに育ちます。そんな小さな一言が、大きな力になるのだと思います。

一緒に成長する子育て

息子たちは中学生の頃から毎日動画を投稿し、スポンサーと交渉するなど、ＹｏｕＴｕｂｅを「仕事」として真剣に取り組んでいました。私自身、ＹｏｕＴｕｂｅを始めて、スポンサーとの交渉などするようになってから初めてその大変さを理解できるようになり、高校の時からこういう大変なことをこなしてきたのかと、ＹｏｕＴｕｂｅｒ

の先輩として尊敬の念まで持てるようになりました。

私がそのことに気づけたのは、ＹｏｕＴｕｂｅを始めたことで得られたこととして、私自身の収入が増えたことよりも、ずっと価値のあることでした。以前は彼に「ゲームばかり！」と怒っていましたが、今では二人のことを理解し、母と息子の関係はより近く、温かいものになりました。

さらに、ＹｏｕＴｕｂｅという共通の話題ができたことも私にとって大きな財産です。「耳を傾ける」という小さな努力が、こんなにも良好な関係につながるなんて、かつての私に教えてあげたいくらいです。

子育ては「子を育てる」というより、「自己を育てる」ことかもしれません。特に長男とは手探りの連続で、彼には苦労をかけたこともあったと思います。でも、実際どう思っているのかが気になり、ある日長男に「ママが昔厳しかったこと、どう思ってる？」と聞いてみると、彼は少し照れて、「ママは僕のためにやってくれたってわかってるし、厳しかったおかげで、ボクは兄弟の中で一番天才に育ったし！」と、冗談まじりに感謝を伝えてくれました。

その瞬間、私は「ああ、この子の母でよかった」と心から思い、そして、子育てとは、ただ子どもを育てることではなく、親である私自身も一緒に成長していくことなのだと、改めて確信したのです。

思春期であることを理解する

我が家の一番下のりあとりこも、とうとうティーンエージャーの仲間入りを果たしました。「ティーン」なんて言葉、響きは可愛らしいですが、親にとっては「なんか急に面倒な生き物になった時期」とも言えます。13歳から19歳という、心も体もホルモン大暴走なこの時期、天使のように素直で可愛かった子が、急に「ママ、もう放っといて」と、冷たく言い放つようになるのですから。

10歳の頃にはすでにその兆しが見え始め、世にいう「プレティーン」という言葉通り、急に部屋にこもって友達とスカイプをしながら宿題をすることが増えました。そこで私はつい「ねえ、ごはんできたよ！」とドアをノックしてしまうのですが、返ってくるのは「はーい！」という返事だけ。その後の30分間、来る気配なし。彼らの「はーい」ほど、信用できない言葉はないかもしれません。

そんな彼女らに「ホルモンのせいだから仕方ないよね、わかるわかる」と、口では理解しようとしているのですが、心の中では「これ、いつまで続くの…？」と少し涙目です。それでも、「ホルモンが変化しているからイライラするよね。何かあったら話してね、嫌なら一人でチルってもいいよ」と、今どきのZ世代用語でコミュニケーションを取る努力は惜しみませんが（chill＝リラックスするという意味）、そんな古い言葉使わないでと、彼女たちには思われているかもしれません。


一方、ボーイズたちもティーン時代は無愛想に拍車がかかり、兄弟げんかはしょっちゅう。彼らの態度にイラッとするたび、「親だってホルモンに振り回されるんだよ！」と叫びたくなりますが、ぐっとこらえて、共感の言葉をかけるよう心がけていました。

例えば、何かで落ち込んでいるとき、私たちだって具体的な解決策より「そうだよね、わかるよ、辛いよね」と言われるだけでホッとすることがあります。子どもたちも同じです。「もう学校行きたくない！」と叫ばれたら、「だよね、学校燃やす？」と、こちらもジョークで返す余裕を見せて、一つずつ乗り越えていくしかないのです。

それにしても、思春期はまるで「台風がやってくる」ようなもの。彼らのイライラが過ぎ去るのを待ちながら、時折冷静に「大丈夫、大丈夫」と呪文のように唱え続け我慢する。きっとこの先、風がピタッと止まったその日には、「ティーン時代、ママが一番うるさかった」と言われるのでしょう。でも、きっとそれも良い思い出になるはずです。

「好き」は才能、そして本当の幸せ

子どもが好きで夢中になれること、それは紛れもなく才能です。好きなことに没頭する時間、それこそが成長の原動力になります。

長男ともやは、中学生の頃からゲーム配信に夢中になり、何年も休むことなく、毎日動画を投稿し続けるほどのめりこみました。

家族でバカンスに行こうと誘っても、「動画を作らなきゃ」と言って来なかったこともありました。それほどまでに、自分の「好き」に情熱を注いでいたのです。
そして、その「好き」を追い求めるうちに、動画配信から収益を得ることができるようになり、それが仕事として成り立つようになりました。

子どもたちは、受験勉強や試験勉強に追われて、自分が本当に好きなことに夢中になる時間を持ちにくいかもしれません。もちろん、受験勉強も必要ですが、「好き」が持つ本来の力を削いでしまっているのではないかと思うと、もったいなくて仕方がない気持ちになります。

好きなことに没頭する時間、それは単なる遊びではなく、未来へのパスポート。夢中になれるものを見つけ、それを大切に育てることができれば、きっとそれはいつか大きな力になります。だからこそ、大人は子どもの「好き」を否定せず、才能の芽を伸ばせる環境を作ってあげることが何よりも大切だと思っています。

手作りの料理とともに食卓を囲む

今までいろいろな国に住んで、さまざまな食文化に触れてきました。例えばイギリスでは、家族で食事をするのは週末だけで、あとの食事は家族バラバラでかなり適当だったりします。英国人ダディと結婚して、最初のカルチャーショックは、イギリスの食事風景でした。

特に小さい子どもの食事が、ビーンズオントースト（缶詰に入ったトマトソースと砂糖で味付けされたインゲン豆をトーストにのせたもの）や、冷凍のナゲットとフレンチフライなどで、親よりも早めに食べさせるのには驚きました。

そんな環境の中でも、我が家では「家族一緒にテーブルを囲むこと」を大切にしてきました。どの国に住んでいても、できるだけ食事は手作りを心がけ、和食を中心に食卓を整えています。

ご飯とおみそ汁は我が家の基本メニューで、子どもたちにとってもこれが母の味。主菜に肉か魚、野菜の副菜、そして毎朝欠かさない乳製品。たんぱく質やカルシウム、ビタミンがバランスよく摂れるよう、地味ですが地道に考えています。たまに帰ってくる長男と次男、三男もおみそ汁がキッチンにあると、おやつがわりに食べるぐらいの、いわゆるおふくろの味です。

「どんなお店のケーキより ママのケーキが一番！」

さらに我が家には「子どもの誕生日には手作りショートケーキを作る」という恒例行事があります。これがなかなか面倒くさい（笑）。でも、子どもたちがうれしそうにしてくれるのを見ると、「頑張って良かった」と思えるんですよね。

かづが18歳になったとき、私は「風船なんているのかな？」と少し疑問に思いながらも、「風船いる？」と聞いてみました。すると、「欲しい！」とのこと。じゅんと一緒に30分かけて店へ行き、ヘリウムを入れた「18歳おめでとう」の大きな風船を手に入れ、また30分かけて帰宅しました。そして前日には恒例のショートケーキも用意。少々失敗することもありますが、それでも、みんなで誕生日ソングを歌いながら食べると、どんなケーキだって美味しく感じるから不思議です。

子どもたちから「どんなお店のケーキよりママのケーキが一番」と言われるのは、ちょっと照れくさい。と言うのもかなりの確率で失敗するから。だけど、たとえケーキがちょっと失敗していても、みんなで笑いながら食べると、何よりも「美味しい時間」になるんですよね。

一方で、スペインやイギリスでは、栄養のバランスなんて気にしないし、「食べたくなければ食べなくていい」という考え方が一般的です。実際、ダディも私が作った食事を「いらない」と言ってあっさり手をつけなかったりもして、昭和生まれの私には、これがどうしても受け入れられないのですが。

それでも、最近は私のほうが変わってきています。スペイン生まれ、パンとタパスで育った、りあとりこから、「小さい頃、全部食べ終わるまでキッチンに座らされて辛かった…」と告白されました。あのときの私は「栄養を摂らせなきゃ」という一心で、子どもたちに無理をさせてしまったんですよね。今思えば、「食べなくても死にはしなかったのに」と、自分自身ちょっと反省しています。

食事は本来「楽しい時間」であるべきかもしれません。そこで最近は、スペイン人やイギリス人の「食べたくなければ食べなくていい」という考え方を、少しだけ取り入れるようにしています。朝食にはビスケットだけのスペイン人は、それでもみんな元気に育っているし、野菜をほとんど食べないイギリス人の子どもたちも、すくすく育つのだから。「食事は楽しむもの」、そんな気持ちを大切にしながら、これからも家族と一緒にテーブルを囲んでいきたいと思っています。

怒っても最後に愛を伝えハグ

私とダディは、特に長男のともやと次男のじゅんに対してはかなり厳しく育ててきました。ダディは、息子たちが何か悪さをすると、壁に鼻をつけて立たせるなんてことも平気でしていました。かいとかづの時代まで、ダディのこの伝統は続きましたが、りあとりこになると不思議となくなりました。

私も母譲りの厳しさを持ち合わせていて、子どもの頃に、私が電気屋さんに失礼なことを言った際、母は夜中だというのに私を連れて謝りに行かせたこともあります。そんな経験もあってか、私自身も子どもたちには決して甘くはありませんでした。ただし、厳しく叱った後は必ずこう伝えるようにしていました。「私は今、あなたにこういうことをしたけれど、それでもあなたのことが大好きだよ」そして、必ずハグ。

最近は日本でも「大好きだよ」と言葉にしたり、ハグをしたりすることが当たり前になりつつある気がします。でも、私の母は、今の時代の「優しさ」とは少し違う、昔ながらの「厳しさと愛」の人でした。学校の先生らしく、周りのお母さんの何倍も厳しかったのですが、叱った後は、よく手紙を書いてくれたり、詩を書いてくれたり、そっとハグをしてくれたりしました。

厳しく叱ることは時に必要ですが、「愛されている」と感じてもらうことが何より大切。ハグやキス、そして「大好きだよ」というたった一言が、子どもたちにとってどれほどの安心感を与えるか。もちろん、叱った後にその子どもが一番好きな夕ご飯を作るっていうのも良い手かもしれませんね、特に男の子には（笑）。これからもいろんな「かたち」

で、彼らにたっぷりの愛情を注いでいきたいと思っています。

それからもう一つ、自戒しているのは、子どもと何か言い争うようになることがあっても、引きずらないということです。

ともやが小学生時代の参観日の朝、思い出せないくらいの小さな理由で、言い争いになったことがありました。私は怒りが収まらず、参観日に行くまで憂鬱でしたが、なんとか気持ちを奮い立たせて学校に行くと、当のともやは怒られたことなどすっかり忘れた様子で「ママ〜」と、とびっきりの笑顔で手を振ってくれたのです。

あの屈託のない笑顔に、私の怒りは一瞬で吹き飛びました。怒りなんて引きずるだけ損だと、子どもに教えられた瞬間でした。

Column

我が家の語学教育

我が家の子どもたちはイギリスと日本のミックス。生まれる前にダディと、子どもが生まれたら、英語も日本語も会話と読み書きを学ばせようと話し合いました。

というのも、海外では日本人として生まれても日本語が話せないミックスの子どもたちがとても多かったからなのです。しかしながら、海外に住んで日本語を学ばせるのは、たとえ両親が日本人同士であっても難しいです。ましてや片方が日本人でない場合、家の中の言語も日本語ではなくなる可能性が高いため、日本語は使わなくなってしまいます。そこで私たちは、小学校までは日本人学校に入れることを決めました。

長男のともやの場合、当時住んでいたところは香港だったので、公用言語は英語と広東語。国際結婚している人も多くいましたが、子どもを日本人学校に入れている人は少数でした。私がともやを日本人学校に入れて日本語を学ばせたいと言うと、何人かから、「日本語は必要ないのではないか、英語を教えておかないと良い学校に入れない」と言われ、少し心配しました。

でも私が、子どもたちに日本語を読み書きまでできるように学んでほしいと考えたのは、
1、半分日本人である以上、日本人としての文化を理解し、相手を思いやるなど、日本人の気質を持っていてほしいと思ったこと。
2、イギリスだけでなく、いろいろな国の立場から世界を見られる人間になってほしいと思ったこと。ヨーロッパ、アジア、アフリカ、アメリカなどいろいろな国の視点から歴史を見てほしかったこと。
3、親との会話を、親の言語で理解してほしい。子どもを持って育てるということは、自分の文化や自分の信じる思想を子どもに託すことだと思うので、自分たちの言語を理解してほしいと思ったこと。
4、英語と日本語ができれば、またほかの語学も習えると思ったこと。
5、将来日本に住みたいと思ったときに、日本語の読み書きができていたほうが良い。
という理由でした。

そこで、子どもたちを日本人学校に入れ、会話も私とは日本語、ダディとは英語を徹底していました。また、日本語の語学を学んだだけではなく、日本人の先生や日本人の

友人と学校生活をともにすることで、日本人として物事を考えられるようになったと思います。

英語に関しては、住んでいた国のほとんどの公用語が英語であったこと、ダディがイギリスの銀行に勤めていたため、社宅に住むことが多かったので、周りはイギリス人が多かったということもあり、語学や文化が自然と学べたのはよかったと思います。

かいとかづに関しては、日本人学校を卒業して、イギリス系の学校に転校しても、スムーズに英語の授業を受けられたのはその環境のためだったと思います。海外に住んでいながら日本の文化を理解して日本語を話せるようになるのは本当に難しいので、最初に日本人学校に入れたという選択は良かったと思っています。

思い返せば、20年以上前、ともやの学校をイギリス系にするか日本の学校にするべきかで悩んでいたとき、イギリスの学校の先生に相談したことがありました。その先生は、「子どもが混乱するから、英語だけに絞ったほうが良い」とアドバイスをくれたのですが、日本人学校を選び、ともやは混乱することなく両方を使いこなせるようになったのです。

また最近ダディとＹｏｕＴｕｂｅで話をしたときに、日本人と結婚して難しいと思うことの一つに、笑いのツボが違う、ということがあがりましたが、自分の子どもと一緒に毎日の生活を通じて、同じツボで笑えるのは本当に幸せなことだと思うのです。

もちろん、ジェネレーションギャップで子どもたちに説明してもらっても理解しがたい笑いは多々ありますが…。先日も、かづが見て笑い転げているTikTokを見せてもらったら、太い食パンが立っていて最後にそれがパタンと倒れるだけの動画。若者はこんなことで大笑いできるのかと年齢のギャップを感じました。

子どもたちと一緒に日本のドラマやバラエティ番組、アニメなどを観て笑ったり感動したりできるのは、本当にうれしいことです。日本に帰っても一緒に居酒屋で飲み明かしたり、カラオケボックスに行って朝まで歌ったり…。日本語を学んでいなければできなかったことです。

2ヶ国語の読み書きを完璧にするのは簡単なことではありませんでしたし、子どもたちの努力も大変なものだったと思います。そして、英語だけで育てていたら、日本語だけで育てていたら、もしかしたら別の人生になっていたかもしれません。子どもたちは「現在の自分たちで良かった、日本人学校へ行って日本語を学んで良かった、もし過去へ遡っても同じことをする」と言ってくれるので、これで良かったのだと私も思えます。

りあとりこだけはスペインで育ち、環境もスペイン語だったので英語ができなかったため、小学3年からイギリス系の学校に入れました。そのため、日本語ができなくなり、日本語を私が教えましたが、これはなかなか大変で、現在もまだ苦労しています。

子どもたちの学校一覧

ダディの転勤などにより、学校も、国をまたいだ転校や編入を繰り返していた子どもたち。まとめてみました。

	長男	次男	三男	四男	双子
未就学	**香港** 保育園 **香港** 日系幼稚園	**香港** 日系私立幼稚園	**香港** 保育園 **ジャカルタ** イギリス系幼稚園 **香港** 日系私立幼稚園	**ジャカルタ** 保育園 **ジャカルタ** イギリス系幼稚園 **香港** 日系私立幼稚園 **バルセロナ** 日本人学校幼稚園	**バルセロナ** 保育園 **バルセロナ** 日本人学校幼稚園
小学校	**香港** 日本人学校 小学1-3年生 **香港** イギリス系インター小学4年生 **ジャカルタ** イギリス系 インター 小学5-6年生 **香港** 日本人学校 小学6年生	**香港** 日本人学校 小学1-2年生 **ジャカルタ** 日本人学校 小学3-4年生 **香港** 日本人学校 小学5年生 **マルタ** インターナショナルスクール **バルセロナ** 日本人学校 小学6年生	**マルタ** インターナショナルスクール **バルセロナ** 日本人学校 小学1-6年生 **バルセロナ** イギリス系 インター 小学6年生	**バルセロナ** 日本人学校 小学1-5年生 **バルセロナ** イギリス系 インター 小学6年生	**バルセロナ** 日本人学校 小学1-2年生 **バルセロナ** イギリス系 インター 小学3-4年生 **イギリス** イギリスの私立小学校5・6年生 **バルセロナ** 日本人学校 小学6年生
中学校	**香港** 日本人学校 中学1年生 **マルタ** インターナショナルスクール **バルセロナ** 日本人学校 中学2-3年生	**バルセロナ** 日本人学校 中学1-3年生	**バルセロナ** イギリス系 インター 中学1-3年生	**バルセロナ** イギリス系 インター 中学1-3年生	**バルセロナ** 日本人学校 中学生(現在)
高校	**バルセロナ** アメリカンスクール 高校1-3年生	**バルセロナ** イギリス系 インター 高校1-3年生	**バルセロナ** イギリス系インター高校1年生 **イギリス** イギリスの私立 高校2-3年生	**イギリス** イギリスの私立 高校1-2年生 **バルセロナ** アメリカンスクール3年生(現在)	
大学	進学しない(YouTubeの道に進むと決め、会社を設立し独立)	進学しない(YouTubeの道に進むと決め、会社を設立し独立)	**イギリス** イギリスの大学 UCL(現在)		

2025年2月現在

4章

バルセロナで学んだ、スペイン人の幸せな生き方

Lo que aprendí en Barcelona: La forma feliz de vivir de los españoles

バルセロナに魅せられて

バルセロナ、それは私たち家族を魅了した魔法の街です。２０１１年から10年間暮らし、その後イギリスに引っ越したものの、２０２３年には魔法の魅力にまた吸い寄せられて戻ってきました。りあとりこが奇跡的に生まれたのもこの情熱のバルセロナで夏を過ごしたから。バルセロナに来ていなければ、りあとりこは生まれておらず、私がこうして本を書いていることもなかった運命の場所なのです。ボーイズたちも青春時代を謳歌。誰に聞いても「故郷は？」という質問には「バルセロナ」と答えるでしょう。

家族と一緒に初めて訪れたのは、２０１１年の夏休みに1ヶ月日本人学校に通うために訪れたときでしたが、空港からタクシーに乗ったときからすべてが違いました。運転手はたどたどしい英語でずっと人生を語るのです。個人的なことも躊躇せず、「どこから来たの？」から始まり、「夫は何人？　子どもは？　仕事は？」と話しかけ、まるで親戚のおばちゃん。話しているうちに最後は「何かあったらいつでも言って」と。乗車

25分で熱い友情が生まれました。

また、バルセロナのさわやかな初夏の日差し、柔らかな海風、そして通りのカフェでくつろいでおしゃべりする人々にも私はすっかり魅了されてしまいました。

最初に行ったバル（居酒屋）は、パタタスブラバス（フライドポテトにスパイシーなソースとニンニクソースがかかったスペインの人気タパス）が美味しいことで有名な店でした。ガラガラ声のカマレロ（ウェイター）がオーダーを怒鳴るように伝えていて、なんだか懐かしいような不思議な空間で、評判通りの美味しいパタタスブラバスとビールを楽しみました。

私たちが訪れた夏は、特に世界の中でもこんなに気候の良い場所は少ないのではないかと思うほど、雨が少なく気温も平均26～27度と過ごしやすい日々でした。

日が長く、21時過ぎまで明るくて、みんながテラスや通りのカフェやレストランで楽しくおしゃべりしているのを見ながら「ここに住めたらいいな」と思ったことを懐かしく思い出します。

滞在した建物は二部屋だけの質素な家でしたが心地よく、「この街に住めたらいいな」と思ったその願いが、まさか現実となるなんて、人生とは不思議なものです。

スペインの平均寿命が高い理由

このようにバルセロナは大好きな街ですが、イギリスの雑誌『エコノミスト』でスペインについて、とても興味深い記事を読みました。スペインは「世界で寿命が長い国」の上位にランクインしているのだそうです。

その理由として挙げられていたのは5つでした。

①　ヘルシーなものを食べる習慣がある

②　よく歩く

③　家族や友達、コミュニティのつながりが強い

④　医療制度が無料で充実している

⑤　幸せ度が高い

（『The Economist』２０２４年6月20日／Madrid）

いずれもなるほどと思うことが多く、私自身の実体験から語れるスペインの魅力とス

ペイン人の幸せな生き方をお伝えしたいと思います。

①ヘルシーなものを食べる習慣がある

イギリスに住んでいた頃、バーミンガム近郊の内陸で「新鮮な魚」を探すのはまるで宝探しでした。大きなスーパーしか周りにはなく、食品の多くは大量生産されたもの。さらに1970年代、イギリスでは電機メーカーが「冷凍庫付き冷蔵庫」を普及させようとし、スーパーもそれに乗っかり冷凍食品がブームに。おかげでスーパーの冷凍食品コーナーは驚くほど充実していて、「冷凍ピザ・冷凍パイ・冷凍チップス」の3拍子がそろえば夕飯完成という家庭も少なくありませんでした。とはいえ、冷凍食品は便利でも、味と栄養はフレッシュな食材にはかないません。

その点、バルセロナは天国です。新鮮な野菜、肉、魚が街中の市場で手に入ります。海に近いため、魚介類は特に豊富で、市場を歩くのが趣味になったほどです。

また、スペインでは、1日5回食事を摂る習慣があることも、健康につながっているのかもしれません。

1食目：朝食は軽めにトーストかビスケット。
2食目：12時頃には「朝のおやつタイム」でサンドイッチや軽食。
3食目：14時のランチは主役級。サラダやパスタ、パエリアなどの前菜に続き、メインは肉や魚、デザートまでしっかり登場します。
4食目：18時頃には2回目のおやつ。「おつまみタイム」でもあり、パタタブラバスやトルティージャ（スペインオムレツ）、ハモン（ハム）とワインやビールを片手に、至福のひとときを過ごします。
5食目：21〜22時の夕飯は遅めですが、肉や魚、野菜をバランスよく食べます。
こうして小分けに食べることで胃腸への負担も少なく、「お腹が空いてイライラする」こともありません。日本の「3食きっちり」の文化も良いですが、バルセロナ流の「お腹と相談してこまめに食べる」のも、心にも体にも優しい方法だと思います。
また、豆類、野菜を豊富に摂る習慣も、スペイン人の健康の秘訣ではないかと思います。レンズ豆やひよこ豆も日常的に食べられており、栄養満点のスープやサラダが食卓に並びます。新鮮な食材を使って、無理なくバランスよく栄養を摂る、それがバルセロナの健康の秘訣です。そして何より、「美味しいから食べる」という楽しみがあるからこそ、続けられるのです。

「健康」と「美味しい」を両立させたスペインの食文化。イギリスの冷凍食品の世界から戻ってきた私は、バルセロナの市場を見て「食のリハビリ中」と感じることもあります。カラフルな野菜と新鮮な魚を見ていると、食べることが「義務」ではなく「喜び」に変わる、これこそ、幸せで健康的な食習慣の第一歩なのかもしれません。

②よく歩く

バルセロナの素晴らしさの一つは、「つい歩きたくなる、気持ちの良い気候」。一年を通して雨が少なく温暖で湿気も少なくて、今日も外へ出て、思わず言ってしまいました。「あー、風が気持ちいい！」と。

イギリスに住んでいた頃は、田舎だったので、公共のバスや電車の交通事情が最悪で、買い物をするにも、通学にも、車を利用しなければなりませんでした。

ところがバルセロナでは、そんな「車中心の暮らし」が一転。子どもたちはバスで通学するようになり、「朝、バス停まで15分の散歩」が日課となりました。朝の散歩はまさに天然のセロトニン誘発剤。

緑のある街並みを通り、市場には朝早くから新鮮な野菜や果物を並べながら、「おはよう!」の挨拶、カフェから漂うコーヒーの香り、パン屋さんからは美味しそうな焼きたてのパンの香り、気づけば、足並み軽やか、笑顔になっているのです。毎日歩いているおかげで、私もバルセロナに来てから、体重も減り、心穏やかになりました。

③家族や友達、コミュニティのつながりが強い

『エコノミスト』によると、「少なくとも一日一回は家族や友達と話しますか？」という質問に対し、スペイン人の80％以上が「する」と答え、堂々の世界4位だそうです。

「え？　毎日そんなに話すの？」と驚きますが、バルセロナに住んでみると、「なるほど、これがスペイン流か」と妙に納得します。

今、私は近所のカフェでこの原稿を書いているのですが、周りは家族や友達同士でみんなおしゃべりに全集中。隣のテーブルから「昨日○○がね…！」なんて話が、ついつい耳に入ってくるほどの大盛り上がりです。

スペイン人にとって、家族や友達との時間は何よりも大切。とにかくよく集まり、よく食べ、よく笑う。そして話題は仕事の愚痴からサッカー、恋愛相談に至るまで幅広く、どんな些細なことでも全力で盛り上がります。彼らに言わせれば、「人生は人とのつながりがあってこそ楽しめるもの」なのです。

先日、スペイン人の友人から「今から来ない？」と突然電話がありました。日曜日の朝9時です。「え？ これから？」と慌てる私に、「今、バルのテラスにいるから。みんなでコーヒーを飲んでるよ！」と、まるで「今すぐ来るのが当たり前」というテンション。日本人の私は一瞬「急すぎない？」と思いましたが、これがスペイン流のお誘い。計画性よりも「今を楽しむ精神」が大切なのです。結局、私も慌てて身支度を整え、バルに駆けつけました。そこには笑顔で迎えてくれる彼らと、気持ちのいい朝日、そして香ばしいコーヒーの香り。なんだかちょっと得をした気分になりました。

スペインでは、家族の絆も強く、週末になると両親の家に集まって一緒に食事をするのが定番です。大人数でワイワイ食卓を囲むのは、まるで毎週ちょっとしたお祭りのよう。家族の「つながり」が心の支えとなり、それが幸せにつながるのだと思います。

バルセロナに来てからは、「人と過ごす時間こそ、人生で一番の贅沢」だと感じるようになりました。カフェの周りで聞こえる笑い声に包まれながら、「私よりうるさい人たちがいて良かった！」と思うのです。

④医療制度が無料で充実している

スペインの医療制度は、公立でも質が高く、しかも無料。さらに驚くべきは「待たされない」ことです。イギリスでは義理の母が膝の手術を受けるのに2年間も待たされていましたが、スペインの私の友人のお母様は、同じ膝の手術を公立病院でわずか3ヶ月待っただけで受けることができたそうです。

イギリスの医療制度が「崩壊寸前」で「治療を待っている人が700万人」というニュースを聞いて驚きましたが、スペインの医療制度は「安心」。健康でいられる安心感は、暮らしの幸福度をグッと上げてくれます。

⑤幸せ度が高い

『エコノミスト』によれば、「スペイン全体の幸せ度は世界で7位」だそうですが、ここバルセロナでは、住んでいるともっと上位でもいいのではないかと思うぐらい人々が幸せそうに見えます。

ただこのランキングは生活全体を見た結果だそうです。スペインの仕事の幸せ度は低いのだそうです。賃金が低いとか労働条件が良くないとか、仕事には一言あるのがスペイン人なのです。私の実感としては、仕事を含めず短期的な幸せ度だけでいうと、フィンランドを抜いて世界1位ぐらい。「今を生きて、人生を楽しみ、長生きする」(良いか悪いかはおいておいて)、それがスペイン人な気がします。

情熱はお金よりも人生にとって大切なもの

Lo esencial es hacer lo que a uno le apetece hacer.
「大切なことは、自分がしたいと思うことをすることだ」（画家パブロ・ピカソ／Ｐ２３８）。

ピカソが残したこの言葉は、スペイン人の生き方そのものを見事に表しています。自分のやりたいことに情熱を注ぎ、それを追いかけることを人生の目的とし、実際にそれをやり遂げる勇気があるのです。そして、それこそが人生の幸せだと。

かつて私たちが長年住んでいた香港では、「良い学校に入り、良い会社に就職すれば、成功者」という考え方が主流でした。しかし、バルセロナに移り住んでからは、そんな固定観念が薄れていきました。

スペインでは、「良い学校や良い会社がすべてではない」という人に出会う機会が多くあります。その情熱が何であれ、「自分が幸せを感じること」に情熱を注ぐことが第一。

もしピカソが現代に生きていたら「あなたの人生は、あなた自身のキャンバス」と言ってくれたかもしれません。

例えば、フラメンコを踊る友人は、プロを目指してタブラオ（フラメンコショー）が行われるバルやレストランで踊り続けていますが、それだけでは生活できないため、ハム専門のバルでアルバイトをしています。ハムを切るときに「切っちゃったの！」と絆創膏を貼った指を見せてくれる彼女、それでも満面の笑みでこう言います。「フラメンコを踊れることが私の幸せだから、このくらい平気よ」。

また、ギタリストの友人は、「タブラオの演奏はあまりお金にならず、道で演奏して観光客から投げ銭もらうほうがいいくらいなんだ。でもこうやってギターを弾いていることが生きがいだから」と胸を張ります。こう語る人々の目は、生き生きとしていて、「自分の人生ももっと楽しもう」と思わせてくれます。

スペインで活躍する日本人フラメンコダンサー、中田佳代子さんもその一人です。公演で得られる報酬よりも、費用のほうが高くつくこともしばしばなのだそう。「踊ることが私の人生そのものだから幸せ。たとえ小さなアパート暮らしでも」と語る佳代子さんは、いつも「がはは」と笑って、心から人生を楽しんでいる人。

佳代子さんのご主人であるルーカスさんも、情熱的なフォトジャーナリスト。広島や長崎で被爆者の声を世界に届けようと取材を続けていますが、それは経済的には決して実り多い仕事ではありません。それでも、「これが私の使命で生きがい」と語る彼の姿には、確かな幸せが宿っています。

好きなことをしている人たちのそばにいると、不思議とこちらまでやる気と幸せを分けてもらえる気がします。スペイン人にとって、人生は「他人の評価ではなく、自分の情熱を追いかける旅」です。

たとえお金がなくても、家が小さくても、彼らは心の中にある「情熱」という火を絶やさない。それが、彼らを幸せにし、周囲にも幸せを広げる秘訣なのです。ピカソの言葉が語るように、「自分がしたいことをする」ことが人生で最も大切なこと。それを体現しているスペイン人の生き方には、私たちが忘れがちな「本当の幸せ」のヒントが詰まっています。

自信が成功の第一歩

スペイン人の自己肯定感の高さは、「自信が成功の第一歩である」という考えに基づいた教育による影響が大きいのではないかと思います。

子どもたちは、「自分を好きでいること」「幸せを選ぶこと」を学校で学びます。

学校では、学力だけでなく、スポーツやアート、創造的な活動も重視されます。美術の授業では「あなたらしい色使いだね」とほめられ、体育では「サッカーは苦手でも、縄跳びは天才的！」と評価されて、子どもたちは「自分はすごい！」と自然と思えるようになります。

先生からは、テストの点数だけではなく、「この答えは間違っているけど、答えを導いた考え方が素晴らしい」「ここが前より成長したね」と、努力の過程を評価されます。

スペインの学校には、「感情教育」というユニークな授業があり、「自分の感情を理解し、表現したり、落ち着かせるスキル」を学ぶのだそうです。自分の心にある怒りや悲しみさえも否定せず受け入れることで、自分を許せるようになり、その結果として自己肯定感がアップするといいます。

そして、アートや音楽、演劇など、「自由に表現するカリキュラム」を通じて、「好きなことに気づき、ほめられる」ことで、自己肯定感と幸福感が育まれていくのです。

人の目や年齢を気にしない

これはバルセロナだけではなく、日本以外で共通のことですが「歳を聞かれること」はめったにありません。海外で年齢を聞かれた経験は、たぶん産婦人科でだけです。「年相応」という言葉も日本以外で聞きません。それは日本ほど歳を気にしないからです。

以前にフラメンコを始めたとき、生徒にスペイン人が4人、日本人が5～6人いました。そこでもやっぱり年齢を聞くのは日本人で、私たち日本人が40歳を超えているというと、スペイン人の先生も「あれまあ！」と驚いていました。言わなければ20代と思われていたようなので、そのまま言わなければよかったとちょっと残念でしたが。というのもギタリストとカンテ（歌手）が若いイケメンでしたので。

そしてスペインの人々はいくつになっても自分の好きなスタイルを楽しみます。だって年相応という概念がないのですから。

70歳を過ぎていそうなセニョーラ（スペインでは年配の女性を敬称でこう呼びます。ちなみに若い方はセニョリータと呼ばれます）が、シワと日焼けした肌にミニの白いワンピースとゴールドのアクセサリーで颯爽と歩いているのを見ると、かっこいいなと思います。ビーチにはビキニやトップレスのセニョーラもたくさんいます。

人からどう思われるかではなく、若い頃から自信を持っておしゃれをしてきたから自分に似合うもの、自分が好きなものをいくつになっても自信を持って着こなしています。

フラメンコを一緒にしているマリさんは、70歳近くになりますが、ミニスカートやポニーテールが似合ってキレイです。もちろん、若い頃と比べたら二の腕だってゆるんだりしているかもしれませんが、誰もそれを気にしないし指摘する人もいません。

彼女曰く、20代の頃より自分にはもっと経験と知恵があり、今を一番楽しんでいるのだそう。

数年前に一度、彼女の家のワードローブを見せてもらったことがあります。フラメンコのドレスやベリーダンスの衣装から普段着まで、素敵なものばかりでうっとりしていたら、「着てみる?」と言われ、みんなでファッションショーをしました。ずんどうの私には全く似合いませんでしたが、60代でもメリハリのある体と自分に似合うものをいつまでも着こなすマリさんに皆、脱帽でした。

スペイン式　家族愛のすすめ

スペインでは、家族という言葉が特別な響きを持っています。家族のつながりが深いどころか、時にはジョークやミームのネタになるほど、家族愛が溢れています。

よくあるスペインのジョークで笑ったのは、スペイン人のボーイフレンドがいる外国人女性。彼のママが遊びに来ると、いつも彼はママと手をつなぎ、楽しげに買い物やランチへ。そして、その後ろをポツンと追いかける彼女。息子とママ、娘とパパの絆が強すぎて、それはもうジョークになるレベル。

それもそのはず。スペインでは家族が何よりも優先されます。恋人と過ごす日も、「まずは家族と一緒に」とか「デートの後でママと一緒に食事」なんてシチュエーションも珍しくありません。恋愛か家族愛か、まさに究極の選択です（笑）。

週末になると、スペイン中の家庭で見られるのが「家族で大集合」。両親の家に兄弟姉妹、祖父母までが集まり、大賑わいの食事会が行われます。食卓には美味しい料理が並び、笑い声が絶えない時間が繰り広げられるのです。

この文化の影響で、スペイン人は大人になっても家族との時間を大切にします。たとえ忙しい日常の中でも、週末には家族との時間をしっかり確保することで、さらに家族の絆は深まっていくのです。

ちなみにスペインの学校では、お昼の休憩時間が2時間あり、子どもたちはこの時間に一旦家に帰り、家族と一緒に食事をします。午後になると、また学校へ戻っていきますが、家族と過ごすひとときが、子どもたちの心をリセットしてくれるはずです。

さらに、多くの家庭では子どもたちが両親の仕事を継ぐことも普通です。親の背中を見ながら育ち、家族の絆を通して職業や人生の価値観を学んでいく。これもスペインならではの家族文化と言えるでしょう。

家族との強い絆が心の安定や幸福感に直結し、親子や兄弟、親戚までが一体となって支え合い、笑い合う姿が日常の中に溢れています。「恋人よりママが優先」と言うのはジョークも入っていると思いますが、それでもスペイン人は、家族とのつながりを何よりも大切だと信じて疑いません。

「休むこと」＝「人生の贅沢」

スペイン人にとって「休むこと」とは単なる息抜きではなく、人生そのものを楽しむための最重要要素です。むしろ、「休むことなくして人生の完成形はあり得ない」という信念に基づいているようです。

ある日本人の友人が、スペインの有名なビジネススクールでMBAを取得しようとしていたときのこと。世界各国から集まったクラスメイトたちに「夏休みはどれくらい?」と聞かれ、「1週間」と答えると、教室中が凍りついたとか。「1週間? それでどうやって生き延びるの?」というリアクション。

ヨーロッパでは、夏休みは1ヶ月が基本中の基本。特にスペインでは、「働くのはヴァカシオネス(夏のバカンス)のため」という言葉があるくらい、休みを心待ちにしているのです。

5月の終わり頃から、スペインの街全体がそわそわし始めます。そして6月になると、多くの会社が午後3時には営業終了。子どもたちの夏休みが始まる6月の半ばになると、交通量も激減し、街はまるで「休暇のお知らせ」のような雰囲気です。

夏の間、スペイン人の多くは、近くのビーチで1ヶ月のんびり過ごします。年配者の中には、バルセロナから車で1~2時間の北東の海沿いの街、コスタ・ブラバやタラゴナに別荘を持っている人も多く、そこで家族や友人とリラックスした時間を過ごします。

当初、スペイン人の知人から、近場で1ヶ月のんびりするという話を聞いたとき、日本人の私には「退屈しないのかな?」と思いました。でも、夏休みごとに子ども6人を連れてあちらこちらへの海外旅行を繰り返した私にとって、スペイン式のバカンスはまさに目からウロコの体験でした。移動型の旅行は楽しいけれど、帰ってくると疲れ果て、「これ、ホリデーだった? それとも疲れに行った?」と混乱することもよくあります(笑)。慣れたビーチで太陽を浴び、美味しいものを食べ、家族や友人と過ごす時間は、何よりのリフレッシュ方法だとわかりました。こうして夏の終わりには心も体も充電完了。9月からの新しい一年を迎える準備が整うのです。

スペイン人は働き方も実にスマートです。ダディがマドリッドのオフィスで働いていたとき、残業する人がほとんどいないことに驚いていました。

香港やインドネシアでは、就業時間が8時から18時までと決まっていても、18時に帰る人はまれ。むしろ20時や21時まで働くのが当たり前でした。

それに対して、スペイン人は「仕事は仕事、それ以上は必要ない」という考え方。仕事終わりにはバルやカフェでアペリティーボ（軽く一杯）を楽しみます。しかも、夏は21時頃まで明るいスペインでは、テラス席が定番。人生の楽しみ方を心得ているのです。

近場でのんびり夏休みを過ごしてみる、家族や友人との時間を大切にする。それだけで、心にゆとりが生まれ、明日への活力が湧いてくるかもしれません。

愛するために生きる。恋は年齢無制限

「人間は愛するために生まれてきて、誰かを愛するために生きている」「愛する人にめぐり合ってこそ、人生を生きたということ」とアモールの国スペインは教えてくれました。

あなたは覚えていますか？　初めて恋したときのこと。私は中学1年生のとき、二つ年上の背の高いバスケットボールの上手な甘い顔の先輩に恋をしたのが初恋でした。廊下で横を通るだけでドキドキしたり、下駄箱に書かれた名前を見るだけでワクワクしたことを覚えています。

「恋するなんて、忘れかけた遠い昔の感覚」「そんな記憶なんて、どこか遠い昔に置き忘れてしまった」と思っていませんか？

スペイン人は違います。初恋のドキドキを一生大切にする文化が根付いているのです。夫婦であっても、恋人のようなロマンチックな関係を忘れず、むしろそれが彼らの「人生のエネルギー源」。これ、ちょっと真似してみたいと思いませんか？

気がつくと、最近周りの同年代の友人知人はみんな恋人を探していたのです。熟年離婚をした友人、シングルマザーで子どもが小さい頃は恋愛どころではなかったけど、子どもも成長して余裕ができたので恋愛模索中の友人、仕事が楽しすぎて結婚するタイミングを逃してしまったけど、老後一緒に過ごすパートナーを探している友人。みんなデートアプリ（バンブルやヒンジなど）で出会ったり、バーで出会ったり、デートを重ねてどんどんキレイになっていっているのを見ると、「恋ってもしかしてどんな高価な美容セラムより効くんじゃないか」と思うのです。しかもお金もかからない！　恋は「最高のアンチエイジング」だと気づかせてくれます。

生活と仕事に忙しすぎて結婚の時期を逃してしまった、フラメンコを一緒にしていた60代の友人が、1年前に少し年上ですでに定年退職した男性と恋に落ちて、今は働きながらフラメンコも続け、「パートナーの男性が甲斐甲斐しく上げ膳据え膳してくれている」と、以前よりずいぶんキレイになり、大きな笑顔で幸せオーラを放ちながら語ってくれました。

スペインでは、こうした「年齢を問わない恋愛」が珍しくありません。むしろ、恋をしている人たちを見ると、「恋愛は生きる活力そのもの」というスペイン人の哲学がよくわかります。

ただアモール（愛）、ロマンスを追求するがゆえに、恋する気持ちがなくなっても夫婦を続けることは難しく、離婚率が高いのも現実です。

でも今は、結婚するにしても恋愛をするにしても、特に熟年の場合はいろんな形があって、例えば愛し合っていても、それぞれ前のパートナーとの子どもがいたり、別々に住んだり、結婚という形をとらなかったりと、結婚や恋愛はこうあるべきという概念もなくなってきていると感じます。

スペインを含む海外で、日本人女性は（男性も）、すごく若く見えるので、若くて素敵な男性（女性）との大恋愛も大いにあると思います。ただし、不埒なスペイン男性に引っかからないよう、しっかり見極める目を持つことが重要です。情熱的なアモールには、時に冷静さも必要ですからね。

そして、結婚しているからといって恋愛は終わりではありません。スペインでは、夫婦で再び恋人同士のような関係を楽しむために、小さなサプライズや気遣いを欠かさない人も多いのです。「恋愛は人生を豊かにするスパイス」というスペイン人の哲学を取り入れてみると、日常が少しずつキラキラ輝き始めるかもしれません。

生まれたからには人を愛したい、いくつになっても恋していたい、スペイン流アモールの哲学、素敵じゃないですか？

スペインが私たち家族に教えてくれたこと

家族の距離感がぐっと縮まった

スペインでの暮らしで最も大きく変わったのは、「家族との接し方」でした。香港時代も寝る前にハグやキスはしていたものの、人前での愛情表現は控えめでした。ところがスペインに来てからは、子どもたちやダディとのハグやキスが普通になったように思います。

スペイン人の家族文化に触れたことで、子どもたちと親の関係もより親密に。子どもたちが成長しても家族と過ごす時間を大切にするスペインの習慣に影響されてか、今でも休みごとに、ともやとじゅんは帰省し、家族旅行にも付き合ってくれます。「家族一緒の時間を楽しむ」というシンプルな幸せを再発見しました。

「チル（リラックス）する」

香港時代の私たちは、良い学校に通い、良い仕事に就くことが成功の鍵だと信じていました。そのため、子どもの教育にはやや厳しく接していたかもしれません。でも、バルセロナでは目にする子どもたちの姿が全く違いました。

夏休みの丸3ヶ月をビーチでのんびり過ごす子どもたちを見て、「これも人生の豊かさなんだ」と気づかされました。高収入やステータスだけが幸せの指標ではなく、自分が好きなことをして心豊かに生きる。それを自然に受け入れられるようになったのは、スペインの「今を楽しむ」文化のおかげです。

「今日何する？」「チルする」が我が家のキーワードになったのも、ただ怠け者だからでなく、「スペイン流リラックスする楽しみ方」だと自分に言い聞かせています。

日曜日はビーチでのんびり過ごす

バルセロナに来て大きく変わったのが、週末の過ごし方。香港では、日曜日といえばショッピング。デパートをハシゴして、あれこれ見て回るのが定番の過ごし方でした。でも、スペインでは日曜日になるとほとんどの店が閉まってしまうため、自然とビーチでのんびり過ごすようになったのです。

最初は、「えっ、どこも開いてないの⁉」と驚きましたが、よく考えれば、お店が開いているということは、そこで働かなければならない人がいるということ。スペインでは、日曜日は誰もが仕事を忘れて家族と過ごす日。太陽の光を浴びながら、ビーチでただのんびりする時間が、意外にも心の充電にぴったりでした。

そして私たちはスペイン流の週末の過ごし方にすっかり魅了されていました。

コミュニティの力と「おもてなし」

スペインの学校文化にも感激しました。イギリスで通っていた学校に比べ生徒も親もすごくフレンドリーで、初日から驚きの連続でした。

りあとりこはバルセロナの日本人学校（中学）、かづはアメリカンスクール（高校）に通っていますが、３人とも以前とは別人のように楽しんでいます。というのも、やはりみんなが親切で友達になりやすいからでしょう。

りあとりこの日本人学校には、以前の先生もまだいらっしゃったのでなじむのは早く、新しい先生方も素晴らしい人ばかりで、二人は充実した学校生活を送っています。

クラスが6人だけと小さいので、日本人学校には小学2年までしか行っていないりあとりこに、例えば朝の補習をしてくれたり、先週の学期末試験もルビをふってくださったりなど、丁寧な指導をしてくださり、本当に感謝しかありません。

かづのアメリカンスクールも、先生とはもちろん、保護者間のグループチャットが学年ごと、学校全体であるなど、入ったばかりの家族を学校全体で支えてくださるしくみがあるのは素晴らしいとしか言えません。

２０２３年の９月からまだ約１年半ですが、子どもたちにもバルセロナで親しい友人ができて、遊びに行ったり遊びに来てもらったりと楽しく過ごしています。

スペインに移住してから、家族全員が「ＬＩＦＥ＝人生を楽しむ」方法を学びました。ダディがかつて言った「スペインにはＬＩＦＥがある」という言葉。それがまさに今、現実になっています。イギリスからスペインへの移住は、私たちにとって最善の選択だったと胸を張って言えます。

スペインの太陽、温かい人々、美味しい食事、そしてゆったりとした時間。これらが私たち家族を再び一つにし、新しい生き方を教えてくれました。

Column

バルセロナの素敵なカップル実例

スペインといえば「アモール＝愛」の国です。

といっても、離婚率は日本より高く、「パレハ・デ・エチョ（Pareja de echo）」という、いわゆる「事実婚」が認められる法律もあり、結婚しないカップルもとても多いです。

カップルや夫婦で出かけたり、会社や友人同士のイベントに参加したりすることも多く、いたるところで老若男女問わず、仲の良いカップルを見かけるので、スペインに来たら恋人が欲しくなったという人の話をよく聞きます。

なかでも、私は友人のマリさんとそのご主人、アントニオさんご夫婦の仲の良さにとても影響されました。知り合ったのは、フラメンコの趣味を通じて。今なお美しくて可愛いマリさんは60代後半で、ご主人のアントニオさんはもう70代。結婚48年目にしてなおラブラブで素敵なご夫婦です。

アントニオさんからなれそめの話を何度聞いたことか…。

彼がまだ20代前半で建築会社のチーフをしていた頃、その会社の秘書の募集に現れたのがマリさん。ドアを開けた瞬間、アントニオさんはマリさんにひと目惚れ。面接の部屋まで案内して歩いているとき、「絶対にこの人と結婚する」と思ったそうです。マリさんも、時間外に行ったにもかかわらず、快く中に通してくれたこのハンサムなアントニオさんにひと目惚れしたのだそうです。

二人とも今でも照れながら出会いのエピソードを何度も話してくれるのです。48年経ってもまだ最初に会ったときの恋心を話せるのは、仲の良い夫婦の秘訣ですね。そしてマリさんといつもフラメンコのショーを見たり踊りに行ったり、二人で楽しんでいます。

先日マリさんの舞台を見に行くと、アントニオさんをはじめ、娘さんやそのダンナさん、孫たちなどがみんな来て応援していました。マリさんは踊りの途中、舞台から降りてアントニオさんの膝に座り、キスをするというパフォーマンスでアントニオさんはもちろん、会場のみんなを興奮させていました。

マリさんは起きるといつもご主人や家族を「今日はどうやってうれしがらせるか」と

いうことを考えるそうです。ご主人もこんな素敵なマリさんのために、サプライズをしたことがあるのだとか。

「セビーリャの春祭り」というフラメンコのお祭りが毎年4月に行われるのですが、常々マリさんはアントニオさんにも参加してほしい、踊りを教えたいと思っていたそうです。ところが、アントニオさんはいつも忙しいと言って習おうとしなかったため、残念に思っていたといいます。

そしてお祭り当日。いよいよセビーリャのホテルに到着したところ、アントニオさんはマリさんをエスコートして全部完璧に踊ってくれたそうです。アントニオさんは数ヶ月前から内緒でダンスのクラスに通って、マリさんをサプライズしたのです。

この二人から学んだことは、結婚して何年も経った夫婦であろうと素敵なサプライズをして、まだまだロマンチックに過ごしていけるということです。

アントニオさんは70歳を過ぎてもまだ現役で、建築のプロジェクトを進めていて、マリさんはフラメンコのレッスンに週2日通い、お孫さん4人の子育ての手伝いもしていて、今は若かった頃よりも忙しいそうです。

自分の時間がそれぞれあって、お互いを思いやれるところは、私たちもぜひできるといいなと思います。

そんな二人に私からインタビューしてみました。

Q.けんかをしたとき、どのように話し合い、解決しますか?

アントニオ:いつも同じ方法ではないですが、理解し相手の立場に立つように、必要なだけ時間をかけて話し合います。すぐに解決できないときも、時間が自然に解決してくれます。常に多くの敬意を持って。ユーモアも大切ですね。

Q.結婚生活は、良いときも悪いときもありますよね? どう乗り越えましたか?

マリ:けんかや口論になったとしても「一時的なもので、大したことはない」と思っています。重要なのは、私たちがお互いを愛しているということを知っていることです。

Q.毎日仲良く暮らすために、欠かさないことは何ですか?

マリ:私たちはハグなしでは生きていけないの。できるときはいつでも。それがすべてを癒してくれます。私たちは一緒にいなければ生きていけません。

Q．お互いにとってどのような存在ですか？

マリ：アントニオは私にとって、とても特別で、愛情深く、理解のある人です。そして、私の人生すべてを共に過ごしたい人。彼は私を人間的により良くし、毎日成長させてくれます。

アントニオ：マリは私にとって、奇跡。世界でただ一人の、異性として魅力のある特別な存在です。

5章

もういいじゃん、私が楽しめば

¡Ya está!
Lo importante
es que yo disfrute!

もういいじゃん、おしゃれを楽しめば

りありこが生まれて、6人の子どもたちをワンオペで育てていた頃、おしゃれなどする余裕は全くありませんでした。

　どんどん大きくなるボーイズ。身長は1ヶ月に1cm単位で伸び、足も大きくなるので、息子たちには毎月のように新しい洋服・シューズを用意しなくてはならず、自分の洋服を買う余裕はまるでありませんでした。私のコーデはただ一つ、白のTシャツにジーンズのみ。

　Tシャツは500円ぐらいのシンプルなのをオンラインで20枚ぐらい買って、穴が開くまで着回し、ジーンズもいたってシンプルなのを5～6枚、着回すこと10年（笑）。

　そのとき思い出していたのは、「見た目ばかり気にしないで、中身を気にしなさい」と小さい頃から常に母から言われていた言葉。母は自分でデザインしたドレスやコートを作ってもらっていたようなおしゃれな人ではありましたが、それよりも内面を大切に

していた人。そんな母の言葉があったせいか、子どもが生まれた後は特に、見かけを良くするために時間やお金をかけることにどこか後ろめたい部分もあった気がします。

あまりにも自分の買い物をしなかったので、最初はショップに入るのもちょっと緊張したぐらいです。だけど、YouTubeで動画に出るようになって、いくらなんでも、毎回、同じTシャツとジーンズというわけにもいかず、少しぐらいはキレイにしておいたほうがいいかなと思うようになりました。美容院に行ったり、ネイルサロンでネイルをしてもらったり。恐る恐る、おしゃれなショップに行って、似合う洋服を探したりし始めたのが、やっと3年ぐらい前からです。

「最近、お化粧が濃くてこわい」。YouTubeの動画に、こんなコメントをいただいたことがあります。

やっと自分に費やせる時間ができて、メイクするようになったら、ワンオペ歴8年のブランクのためか、高校を卒業して初めてお化粧をしたときのように、塗りたくりすぎて七面鳥のような目になり、やり方がわからなくなっていたのです。

でもね、もう来年で還暦、周りになんと言われようが、「もういいじゃん、私が楽しめば！」です。

おしゃれは人生のラッキーチャーム

でも、どんな服を着ても以前のように洋服が似合わない。というのも、動画作りに没頭していて、気づいたらぽっちゃりしすぎていたのです。そこでまずはジムに通い、パーソナルトレーナーさんと週2回のトレーニングを始めました。さらに週2回はジムのクラスを取って運動したら、半年くらいして、りありこを産む前の体型に戻りました。体型を変えると、洋服が似合う（自己満足）ようになったので、そこからです。コーデを楽しめるようになったのは。

２０２３年あたりからは、子どもたちも大きくなり、洋服も私が選ぶものは着なくなりました。自分たちで選んでそのリンクを私に送ってくれて、それをオンラインでオーダーするという今どきの楽な買い物になったので、私自身のファッションのショッピングに拍車をかけました。洋服を選び、それに合う、ジュエリーやアクセサリー、小物を選んで、コーディネートするようになると、気分が上がるものです。

スペインにいるからか、日本では「ちょっとミニすぎるからやめておこうかな」と思うようなショートパンツも、店員から「わお、なんて素敵なの！」などと言われると、「まあ歳は気にしなくていっか！」と思えるのです。それも大切！

髪もだんだんと白髪が出てきましたが、それはハイライトを入れて目立たないように。手もだんだんおばあちゃんに似てきていますが、そこはキレイな色のネイルをしてごまかす。こうしておしゃれをすると気持ちも若返り、幸せになるのです。

おしゃれがもたらした変化は、外見だけではありません。心が軽くなり、自信が生まれると、夫婦関係も円満に。「おしゃれをすることで、こんなにも人生が明るくなるなんて！」と改めて実感しています。

「女性が少しも身なりを整えずに街へ出てはダメ。その日、運命の人と出会うかもしれないじゃない。だからできるだけ可愛くあるべきだわ」というのは、ココ・シャネルの言葉（P238）。ココ先生もおっしゃる通り、おしゃれをすると何かいいことが起こりそうな気がするのです。

日記をつけるスゴイ効果

また、私はカウンセリングのノートをきっかけに、日記を書くようになりました。日記というと「その日にあったことを記録するだけ」と思われがちですが、実はそれだけではないのです。日記にはさまざまな素晴らしいメリットがあるんです。

ケンブリッジ大学の研究によると、日記をつける人はそうでない人に比べてパフォーマンス（結果を出す実績）が25%も高いのだそうです。「え？　ただ書くだけで？」と思うかもしれませんが、結果を出せるのは、書くことで頭が整理され、次に何をすべきかが明確になるからなのでしょう。

書く行為そのものが、経験を永久記憶に置き換える手助けをしてくれます。ある哲学者が言ったように、「人はその経験からではなく、その経験を思い出すことから学ぶ」んだとか。日記を書くことで、経験を記憶に変えられるのだそう。

心理学の分野では、日記を書くことは「エクスプレッシブ・ライティング（表現的執筆）」として注目されています。単なる記録ではなく、自分の内面を深く探り、自分をより深く理解する効果があるそうです。

ある心理学者の研究では、悩みやストレスを文章化することで、脳の中の感情を司る部分（扁桃体）の過活動が抑えられるとされています。簡単に言うと、「書く」という行為そのものに不安を抑える効果があるということです。

トラウマや、鬱などを経験した人が、日記を書くことで、自己の内面を見つめ直し、新たな幸せを発見することもできるそうです。ちょっと心が疲れているとき、日記はカウンセラーのような役割を果たしてくれるのです。

日記をつけることで、自分の気持ちや考えを整理する習慣がつきます。その結果、人に伝える力も自然と磨かれていくそうなのです。「これこそ私に必要な能力！」と日記を始めたのですが、スピーチがうまくなるのには時間がかかりそうです。

さらに、日記は「未来の自分への贈り物」でもあります。今日感じたこと、決断したことやその理由など、未来の自分が読み返してみることができるのです。そして、過去の自分が悩んでいたことや、それをどう乗り越えたかを見ることで、成長を感じ、自信を得ることができるそうなのです。私の日記活用法・お手軽編は以下です。

「三行日記」

たった3行書くだけなので「これくらいなら続けられるかも」と思えるのがポイントです。そして実際続きます。「今日ダディがまたコーヒーを淹れてくれた」「子どもたちが宿題を頑張った」など、小さな喜びを書き留めるだけで気持ちが上がります。

「未来日記」

「半年後、YouTubeの登録者が倍増して、コメント欄にありがとうが溢れている」など、理想の未来を書きます。夢見心地になれるだけじゃなく、モチベーションも高まること間違いなし。

「ありがとう日記」

「ダディがまたコーヒーを淹れてくれた（何回も言うけど大事）」、「スーパーの店員さんが笑顔だった」など感謝を書くと、日々の幸せを見つける力がつきます。ちなみにこの感謝、翌朝の「ありがとう」で、また新しいコーヒーにつながるという効果つきです。

朝、計画をノートに書き、ワクワクを考える

朝の計画、これは私にとって一番大切な作業。以前の私は、朝2時間ぐらい、ぼーっとして無駄に過ごすナマケモノでした。でも、計画を立てるようになってからは、できる女になったとちょっと思えます（笑）。

「これだけはやる」リスト

優先すべきタスクを書く。「動画の編集」「冷蔵庫のプリンをチェック」「歩くスピードをダディに注意する」といった感じです。優先すべきタスクだけでも書き出し終えると、ちょっとした達成感が得られます。

「ワクワクする予定」を仕込む

「午後に新しいカフェでケーキを食べる」「夜は映画を観る」「夕方は子どもと笑い話をする」など、小さな楽しみを仕込むのがコツ。なぜかというと、人間って「タスクが終わった後のごほうび」にめちゃくちゃ弱いのです。つまり、ケーキのために頑張れるわけですね。

タイムブロッキング

時間を25分ごとに分けて管理。2時間あると思うとついつい、YouTubeのくだらない動画を見て時間を無駄にしがちですが、25分と思うとそうはいきません。25分の集中タイム、5分休憩で少しゆったりしてから、また25分の集中タイム。これで「ちょっと、動画でも見ようかな」といった迷いが減るから楽になります。

「これが終わったら、アレが待っている！」と思うと、嫌なタスクも案外サクッと終えることができるんです。この効果、実は「目標勾配効果」と呼ばれる心理学の力。人間はゴールが近いと、急にスピードが上がるらしい。つまり、素敵なことが待っていると思えば仕事も家事もはかどるわけ。

日記を書くことで、心を整え、振り返りと成長を楽しむ。朝の計画でワクワクと心の余裕を持つ。これが私の毎日の「軸」。どちらも取り入れるのは簡単で、でも効果は絶大です。あなたも、小さな習慣から始めて、日々の幸福度をぐんと上げていきませんか？

ありのままを生きる「自然体のススメ」

私が大好きなフランスのシンガー、ZAZ（ザーズ）の『Je Veux（私がほしいもの）』。この曲を聴くと、心が軽くなるんです。「お金や地位よりも、愛、喜び、陽気さを大切に」「型にはまることなく、自分らしく生きよう」というメッセージが歌詞に込められています。まさに私が目指している生き方そのものなのです。

実際、私のYouTubeチャンネルもそんな気持ちで運営しています。家はいつも片付いているわけじゃないし、動画に映る私は、髪がボサボサだったり、ノーメイクだったりします。でも、それでいいんです。むしろ「こんな感じでもいいんだ」と思ってもらえたら、それが一番うれしいこと。視聴者さんに、「肩の力を抜いて、今の自分で十分素敵」と感じてもらえたら！　それが私の目標です。

以前は、家事も子育ても「ちゃんとしなきゃ」と気負っていました。でも、今では適度に手を抜くのがコツだとわかりました。例えば、夕飯のスープが薄味すぎて子どもたちから「水っぽい！」と笑われても、そんな失敗も笑いに変えられるのが自然体のいいところ。「料理って、毎回の出来が違うのが楽しいんだよ」なんて開き直ってみせます。掃除が行き届いていない家だって、それが私たち家族のリアル。肩の力を抜いて、みんなで「まぁ、いいか」と笑い合えることが何よりも大切。

もちろん、人目を気にせず生きるというのは簡単なことではありません。特に日本では「〇〇すべき」というプレッシャーが多いですよね。でも、スペインに住んで感じたのは、みんなが「自分が幸せになること」を一番に考えているということ。「周りの評価より、自分がどう感じるかを優先する」。それを実践するようになってから、自分らしさを見つけることができました。

最近、友人に「なんでそんなに楽しそうなの？」と聞かれることがあります。答えは簡単。「自分を隠さず、正直でいるから」です。かっこつけない、ありのままでいることが実は一番心地いい。すると、不思議と人間関係も良くなり、楽しいことがどんどん増えるんです。だから、もしも周りを気にしすぎて窮屈だと感じている人がいたら、ちょっと力を抜いてみてほしい。気づけば「なんで今までこんなに気を張ってたんだろう」と笑える日がきますよ。自然体でいるって、実は人生を楽しむ最大の秘訣なのかも。

友達と出かけたり、週末旅行を楽しむ

友達は、人生という旅路において欠かせない相棒であり、最高のスパイスだと思います。泣きたいとき、笑い合いたいとき、何気ない日常を特別に変えてくれるのが友人の存在。落ち込んでいるときにはそっと寄り添い、うれしいときには倍の笑顔を引き出してくれる。その魔法は、何物にも代えられません。

私の最近のハイライトといえば、女友達とのイタリア・パレルモへの週末旅行。日常から少しだけ離れた非日常は、それだけで心を豊かにしてくれます。パレルモの地元料理を満喫しましたが、たとえひどい料理に当たっても、女友達とだと、それも笑いのツボに。美味しいものに当たれば、数日間ハッピーです。

レンタカーを借りて向かった青い海。窓を開け、潮風を浴びながらのドライブは、好きな音楽をかけながらリラックス。日焼けしすぎのアラカン、帰宅して写真を見返すと、笑いジワがしっかり刻まれている自分を発見しましたが「まあ、いいか」(笑)。

実際「女友達がいる女性は長生きする」という研究結果もあるそうです。それを聞いたとき、「確かに！」と即座に納得しました。友達と過ごす時間には、何か特別な力がある。心を軽くしてくれるだけでなく、時には新しい視点を与えてくれるし、何より「大丈夫、あなたならできる」と背中を押してくれるのです。

友情の素晴らしさは、家族とも恋人とも異なる特別な関係性にあります。友達とカフェでおしゃべりをするだけで、心の中のモヤモヤが晴れていくのを感じることも。旅行や冒険を共有するたびに、「この瞬間は一生の宝物だな」と思える、そんなかけがえのない時間を生み出してくれます。

また、友情には「自然治癒力」のようなものがあると思うのです。悩みを相談できるのは女友達の特権。友達と泣いたり笑ったりするのが、心を豊かにし、落ち着きを取り戻す鍵となります。だからこそ、忙しい毎日の中でも、たまには「お茶しない？」と友達に声をかけてみることが大事です。もし余裕があれば週末旅行も！　計画を立てるだけでも気分が上がり、週末が一気に楽しみになります。友情は、人生を豊かにする隠れた万能薬。心を温め元気をくれるその効果を、日々の中で取り入れていきたいですね。

一人だから楽しめること、好きなことに情熱を注ぐ

自分のための時間や経済力も、年齢を重ねたことの贈り物。やっと子どもの手が離れて自分の時間が持てるようになったと思った矢先、更年期の不調に襲われ、貴重な一人時間が不安時間となっていました。

ようやく1年ほど前に、私の中で眠っていた「寅さん」が目を覚まし、週末一人で旅に出たり、家族旅行の最後の1日をあえて一人で過ごすようになりました。その結果、この孤独な時間こそが、誰かと一緒にいることのストレスや依存から解放され、心をリセットし、精神的にリフレッシュできる大切な時間であることをまた実感したのです。

本を読んだり、好きな映画に没頭したり、毎日日記をつけたり、新しいアイデアやクリエイティブな発想はいつも、一人のときに生まれてくるものです。そして自分の良い面もいやな面も含め再発見することができるため、精神的に強くなれるのです。

母は教師を退職してから、好きだった万葉集の研究を始め、祖父はやはり退職後、夢であったシダ植物の研究を本にまとめました。いくつになっても情熱があればなんでも一人で始めることができるのだと思います。

私が情熱を注げるものの一つにフラメンコがありますが、もともとはインドから移住してきた家を持たない人々の悲しみや怒り、哀愁や希望を踊りで表現したそうで、その力強い歌、哀愁のギターと踊りを見ていると、強くなれる気がするのです。

「え？　60歳から始めるのなんて無理って？」とんでもない、今日の自分が、人生で一番若いのだから！　一緒に始めましょうか？

私に還る原体験

一人で過ごす時間を持つようになって、思い出した過去の体験がありました。

それは、30年以上前に訪れた砂漠で感じた出来事でした。

私が初めて砂漠を訪れたのは、大学時代の「旅をしながら学ぶ」というプログラム。5ヶ月かけてヨーロッパ中を巡り、最後にエジプトの砂漠へ。フランスの荘厳な教会、イタリアの美しい城、スペインの歴史的な建築に心を奪われた旅の終盤、目の前に広がる砂漠を見たとき、私は衝撃を受けました。人間が何世紀もかけて築き上げた壮麗な建築物も、この果てしなく広がる砂漠の前では、まるでちっぽけな存在に思えたのです。

砂漠で果てしない地平線を見ていると、まるで手が届きそうなくらい空が近くに感じられました。その壮大な自然の前では、私たちが暮らすこの空間がどれほど狭いものかを実感せずにいられませんでした。そんな広大な自然の中では、心のざわめきが消え、感覚が研ぎ澄まされるのを感じました。

そして、再び砂漠を訪れたのは、30歳を目前に控えたときでした。自分探しをしたくて、何かを見つけたくて、会社を辞め、３ヶ月間、モロッコ、スペイン、トルコに旅したときのことでした。

モロッコの砂漠に身を置くと、自分の悩みや迷いがどれほど取るに足らないものかを痛感しました。自分はなんて小さな存在なのか……。そう気づくと、心が驚くほど軽くなったことを覚えています。

人生で壁にぶつかったとき、どうしていいかわからなくなったとき、砂漠を思い浮かべようと思うのです。すると、妄想中の砂漠が、「そんなことで悩んでもしょうがない。人生は短いんだよ」と語りかけてくれる気がするのです。

「最近、ママの表情が明るくなったね」と言われるのは、自分の心に向き合う時間を持ったことで、当時の気持ちを思い起こすことができたことも一つの要因です。砂漠でリラックスしていた頃の自分らしさを思い出し、取り戻すことができました。

歳を重ねた自分を好きになる

「20歳の顔は自然からの贈り物、30歳の顔はあなたの人生。でも、50歳の顔はあなたの功績よ」。これは、ファッション界の伝説、ココ・シャネルの言葉です（P238）。

若い頃、この言葉を聞いたときは、50代なんて遠い未来と思ったものですが、今50代になってみると、とても心に響きます。歳を重ねるということは、自分が築き上げてきたものが顔や姿に表れる、そんな素敵なことなのだと気づいたからです。

むしろ、「今が一番！」と思える自分がいます。若い頃には気づかなかった自分の魅力や、蓄積してきた経験、得てきた知識。それらすべてが「今の私」という形で表現されている。そして、それが幸せ。20代の頃に戻りたいかと聞かれたら即答で「ノー！」。

もちろん、鏡に映る自分を見て「またシワが増えたな」と残念になることも。でも、そのシワが私の生きてきた証、笑ってきた時間や悩んできた日々が刻まれたものだと思うと、不思議とそのシワに愛着が湧いてきます。「ああ、私は確かに生きてきたんだ」と。その瞬間、シワさえも私にとって小さな勲章のように感じられるのです。

今の自分を好きになるのは、過去の自分を認めることでもあると思います。失敗したこともたくさんあります。あのとき、もっとこうしておけばよかったと思うことも少なくありません。でも、振り返ってみると、どんな決断も、どんなミスも、今の私を形作るピースになっている。それに気づくと、「今までよく頑張ったね、私」と、過去の自分に感謝したくなるのです。

人生の中で一番大切なのは、自分を好きでいられること。どんな見た目であれ、どんな年齢であれ、他人がどう評価しようと、自分自身が「私は私でいい」と思えるかどうか。それが幸福感を決定づけるのだと思います。だからこそ、これからの人生も「まだ成長できる」と信じて、日々を大切に過ごしていきたい。58歳の今、人生の真ん中に立っているこの瞬間が、私にとって一番の輝きであることを確信しながら。

Interview

ダディにママのこと、聞いてみました。

Q. 現在YouTubeで活躍する美穂さんについて

ダディ：当初は、美穂がいつもカメラを持っていて、ただ夕食を食べているときも撮影していたので、プライバシーが欲しいときもありました。でも、美穂が楽しんでいることは基本的に良いことだと思っています。家族の旅行動画はまるでホームビデオのように思い出を振り返ることもできますしね。そして時々、美穂のチャンネルを見ている人に声を掛けられます。僕らはベッカムやヴィクトリアのような有名人ではありませんが、それはとてもうれしいことです。

美穂：あなたの大ファンにも会ったわね。フランス人のご主人と日本人の奥様の国際カップルとか。私たち、大スターではなくて、隣のおじさんとおばさんのような存在だから話しかけやすいのよね、きっと。

ダディ：京都の喫茶店では、コーヒーを出してくれた女性に「あなたの大ファンです」って、ささやかれました。日本で私の友人とランチをしたときは、「YouTubeのダディですか？　ママのチャンネルの大ファンなんです」って言われて、私の友人が驚いていたくらいで、それはとても気分が良かったですね。

Q. 美穂さんと出会った頃、人生の伴侶に決めた理由は？

ダディ：出会った頃、美穂は素敵なファッションセンスを持っていました。たいていパンツスーツにファンキーなブーツを履いて。典型的な美人ではないけれど、幸せそうな顔がとても魅力的でした。とても興味深い顔と笑顔で、デートしていたときも顔を見続けることをやめられませんでした。夏は特に太陽で日焼けした髪、肌がとても素敵でした。二人で出かけるといつも楽しくて笑っていました。美穂はアメリカの大学に行っていたので、英語がかなり上手で、よく旅をしていて、世界のことを知っていました。私はイギリスに住んではいましたが、お金がなく、あまり旅行できていませんでした。でも、美穂と出会ってからは、パリ、アヴィニョン、フィレンツェと、一緒に旅して、たくさんの場所を教えてもらいました。

ダディ：それから、今でも忘れられないのは、出会った頃、彼女が3ヶ月くらい旅をしてい

Menu

たことがあって。

美穂：大学を卒業して会社で5年くらい働いてから、モロッコとかスペイン、トルコに旅行したんですよね。自分探しのために。

ダディ：彼女が仕事を辞めて旅行に行ったなんて、ちょっとショックだったし、感心したよ。3ヶ月って結構長い時間だよ。彼女は帰ってきたとき、僕の部屋のドアをノックしたんだ。君が東京に帰ってきたのは知っていたけど、まさか君がやってきてドアをノックするとは思っていなかったよ。

美穂：当時すごく近くに住んでいたんですよ。5軒くらい隣に。

ダディ：ドアを開けたとき、彼女が立っていた。彼女は健康的で日焼けしていて、リラックスしていて、本当にスタイリッシュだった。髪は太陽で脱色されていて。

美穂：モロッコ人みたいだった？

ダディ：彼女はラクダに乗って砂漠を旅しているように見えました。

美穂：真っ黒でね。

ダディ：でも、すごくいい感じだったし、君は本当にかっこよかったよ。君の立ち姿も。彼女が僕にすごく似合っているという気持ちがさらに強まったよ。

美穂：砂漠に座ると、空が間近に見えて、私たちの空間がとても小さくて、その小さなスペースで暮らす私たちの存在がいかに小さいものかを感じたんです。ダディにそのことを書いた絵葉書を出したんですよね。そして、帰って会ったこのときに恋に落ちたそうです（笑）。

Q. ほかにも美穂さんに恋した頃のエピソードは？

ダディ：美穂のまつ毛にも魅了されました。私はそれをナチュラルだと思っていたけれど、実は最近になってナチュラルじゃなかったって教えてもらいましたが…。

美穂：だってマスカラくらいはもちろんつけるでしょう？

ダディ：自然に見えたけどね。でも、ほかの女性とは違っていたし、君はとても美しかった。そのとき私は30歳前半で、結婚を考える頃でした。僕の会社はいろいろな国に転勤しなければならなかったのですが、美穂なら僕のライフスタイルに溶け込んで楽しんでくれるだろうと思いました。そして実際その通りだったと思います。

美穂：結婚する前からダディの仕事は3～5年ごとに赴任する仕事だとわかっていたから、それについてきて耐えうる人と結婚したいと思っていたようです。

ダディ：引っ越しを繰り返し、時には生活しにくい国もありましたが、美穂なら何の問題もなく対処できると思いました。それが美穂の大きな強みだと思います。ベトナムやインドネシアはなかなか大変だったかな……。

美穂：ダディから見たら暮らすのが大変で難しそうな国でも、私には全然問題ないんです。私はEasy-going（のんき）だから。ベトナムにいた頃、お手伝いさんのバイクでマーケットに行ったのを覚えています。ダディはそんなことしないよね？

ダディ：しないね。でも、美穂は夏のドレスを着た美しい姿でお手伝いさんのバイクの後ろに乗っていたんですよ…。

美穂：私はそういう未知の世界が好きで心が躍るんです。そういうところがちょうど良かったのかもしれません。

Q. 結婚後、美穂さんに対しての印象は変わりましたか？

ダディ：彼女の人生への情熱、母親としての姿に感銘を受けました。子どもたちに経験を与え、物事を教え、日本語をしっかり教えてくれました。料理が美味しいのはうれしい誤算で、いつも素晴らしい料理を作ってくれます。

美穂：たぶん日本人にとっては普通なのですが、イギリスでは普通じゃないみたい。

ダディ：昔、冷蔵庫に卵、レタス、アボカドくらいしかなかったとき、美穂はすぐに「これで作ろう！」って、10分後にはちゃんと夕食がテーブルに並んでいることに驚かされました。一方、悪い方で驚かされたのは、整理整頓が得意でないこと、細かいことに気を配れないこと、たまに妥協をしないところかな。

美穂：あと、ダディが言うには、物事を決めるとき、私は「もうこれしかない！」と決めてしまうと。ダディはこれもできるんじゃないか、あれもできるんじゃないかと分析して考えるというのです。私はダディに相談する前に他の選択肢も分析したうえでこれしかないと言っているんですが。それでよくけんかになっていました。

ダディ：でも最近はお互いをうまくコントロールする方法を学んだと思います。

Q. 母としての美穂さんをどう思いますか？　お子さんが多くて良かったことや、大変だったことは？

ダディ：美穂は母親としてとても献身的で素晴らしいです。引っ越しが続く環境で子どもたちをきちんと育てられる人はなかなかいないと思うし、子どもたち全員と親密な関係を築いています。

美穂：私は子どもとのコミュニケーションを取る役で、ダディは、例えばパスポートの期限

や予防接種の確認とか、子どもたちの仕事の相談役ということで役割分担ができています。

ダディ：子どもの人数による育児の大変さでいうと、一人目は大変、二人目はちょっと大変、3人目はまあまあ、4人目は問題なしって感じかな。でもさらに5年後、双子の女の子が生まれたのは大変でした。一番大変だったのは移動です。旅行ならスーツケースが8個、キャンプなら寝袋8個など…。あとヨーロッパでは8人乗りの車を入手することがとても難しく、7人乗りの車だったので、誰かが電車で移動したりとか、別れて行動していました。

美穂：良かったこともたくさんあったよね？

ダディ：子どもたちはそれぞれ自分のことは自分でよくできるし、兄弟仲が良いです。みんなで過ごすのが大好きで、兄弟同士愛し合っています。私は一人っ子なので、時々圧倒されてしまうことも…。特に子どもたちが日本語で話していると、わからなくなって本を読んだり、ジョギングに出かけたりもします。

Q. 子育てが一段落した、今の美穂さんをどう思いますか？

ダディ：美穂は58歳になりますが（インタビュー時）「わあ！ 58歳だなんて信じられない。かなりイケてるよ」って思います。自分をよくケアするようになっているとも思います。

美穂：だって今まで自分をキレイにする時間なんてなかったんだから！

ダディ：結婚してから二人で過ごす機会やチャンスがなかったのですが、最近は二人で一泊旅行とか、週末によく出かけたりしています。二人の旅行は僕が美穂に恋した理由を思い出させてくれるし、こういう時間はとても良いです。

美穂：今まで口論ばかりしていた私たちが関係性を良くしていこうと、最初に決めたのが朝と夜に感謝をすることだったのよね？

ダディ：最初は本当っぽく聞こえなかったけれど、毎日言い合っていると、だんだん本当らしくなってきたんです。先日美穂がホテルの予約を間違えていたことがあって、数年前だったら「君がやるといつもこうだ！」「君が悪いんだ！」とか言っていたと思うけれど、楽しい時間を過ごして関係性が良くなってくると、優しい気持ちになれる。そのときも、「大丈夫だよ。わざとじゃないのは、わかっているよ」と言えるようになった。

美穂：毎日二人で感謝してけんかをしなくなったので、思わぬ事故があっても、すごい怒りにはならなかったみたいです。

ダディ：優しくすること、お互いに感謝をすること。僕は完璧じゃないし、欠点もたくさんあり、それは美穂も同じ。そして僕たちは素晴らしい家族でもあります。僕はロンドンで

撮った家族写真（P41）が大好きで、これを見ると本当に家族を誇りに思います。結婚した当初は、「美穂が僕を支えてくれない」などと、口論がずっと続いたこともあったけどね。

美穂：そう、そのときは、エネミー（敵）だったんですよ。でもやっぱり私たち家族はチームですから。

ダディ：私たちは今、旅行をしたり、一緒にベッドでテレビシリーズを見たり、良い関係を築けていて、これはとても大切なことだと思っています。これからは残りの人生の計画を立てる必要があるね。今までは会社や子どもたちの都合で動いていたから。

美穂：人生のプランが必要っていうことね。

ダディ：お互いに好きだという気持ちは発展してきたから、これからも支え合って大切にしていきたいです。昔何度もあった口論はもう避けたい。僕は日本で彼女と一緒にいることも本当に楽しくて、僕はいつか日本で美穂と過ごしたいとも考えています。

Interview

子どもたちにママのこと、聞いてみました。

Q. ママはどのような存在ですか？　思い出のエピソードは？

ともや：とても尊敬しています。僕が高校卒業後、一日中ＹｏｕＴｕｂｅ制作をやっていた頃、よくママとブランチに行って、将来のこと、悩み、投資のことなどを相談できたのがいい思い出。最近は二人でオランダ旅行したのも本当に楽しかったです。

じゅん：僕が15〜17歳の頃は、実は話したくない時期だったのですが（思春期）、今はとても仲良くしています。仕事のことも相談できるし、「やりたいことはやりなさい」と後押ししてくれます。今は母から友達に変化している感じですね。

かい：僕がイギリス生活でストレスがたまっていた時期に、「うまくいかなくても自分で頑張ったなら大丈夫」と励ましてくれたのがうれしかったです。

かづ：いつもやりたいことをサポートしてくれます。ママはゲームに興味がないけれど、僕たちのゲームの大会を応援してくれました。

りあ：私がやりたいことをいつも手伝ってくれます。一緒にネイルしているのも楽しいです。

国語ができなくても、「頑張ったね！」といつも励ましてくれます。

りこ：宿題やテストがよくできなくても、「人生の中で小さなこと。気にしなくていいよ」と言ってくれるのがうれしいです。

Q. ママがＹｏｕＴｕｂｅを始めたことで家族に変化がありましたか？

じゅん：最初は、家中にカメラが取り付けられて違和感があったけれど、だんだんママもコツを覚えてきたので、大丈夫になりました。僕もＹｏｕＴｕｂｅをやっているので成績を比べ合ったり、コラボ動画の話をしたり、会話も増えたと思います。最近、マドリッドでママのＹｏｕＴｕｂｅを見ている人から僕が声をかけられてびっくりしました。

りあ：ママがYouTubeをスタートした頃は私が小さかったから覚えてないけれど、たまに撮られるのが嫌なことも…。でも、最近はママも気を遣ってくれているからいいかな。

かづ：僕たちの世話をするだけでなく、ママが好きなことをしているほうがいいと思います。

Q. ママには一人一人と十分に時間が取れなかったという後悔があるようですが、どう感じていましたか？

じゅん：ママはいつだって相談に乗ってくれていたし、何もやってもらえなかったという印象は何もないです。十分やってくれたんじゃないかな。

ともや：今も昔も完璧だと思います。僕が最初の子だったから、「ともやにいろいろ押し付けてしまった」とママは思っているみたいですが、そのおかげでたくさん習い事をしていい経験もできたし、本をたくさん読まされたおかげで賢くなったと思っています。逆に厳しくしてくれて良かったくらいですね。

かい：ママは十分頑張っていたから時間が取れていなかったなんて全く思わないです。これ以上頑張ったら過労になっちゃう…。

Q. **今までたくさんの国、学校で過ごしたと思いますが、それは自分たちにどのような影響を与えたと思いますか？　また、一番好きな国は？**

ともや：たくさんの国と学校に行けていい経験ができたと思います。より世界のことを学べたし、そのおかげでたくさんの友達が世界中にいます。意外とどこの国の人なのか簡単にわからないのも面白い！　家族が住むバルセロナは、食べ物が美味しくて、天気も良くて、一人で外を歩けて大好きな場所です。

かづ：いろいろな国の文化に触れて言語を学べたことは良かったです。ただ引っ越しが多すぎると、せっかく友達ができてもすぐに別れがきて、また友達を作らなければならなかったことは大変でした。ここバルセロナは、人々がフレンドリーで気楽な感じが好き。イギリスとは真逆ですね。

じゅん：引っ越しを繰り返したことで、自分から友達に話しかけて友達を作ることがうまくなりましたね。ただ、長い期間を過ごした友達が少ないことは残念でしたが、良い友人を大切にすることを学び、こまめに連絡を取ったり、会えるときに会うようにしています。僕も一人で気楽に歩けるバルセロナが好きです。

かい：僕は学校も含めてイギリスが好きになれませんでした。バルセロナは料理も天気も最高で、好きな理由が無限にあるほどです。

Q. イギリス人のパパ、日本人のママを持って良かったと思うことは？

かづ：日本語、英語どちらの言語も理解できて話せることがいいですね。ダイバーシティが自然に理解できていると思います。スペインに限らず、世界では日本のアニメブームです。そのアニメの原作漫画を翻訳せず原作のまま日本語で読めるのがいいです。

ともや：子どもの頃から二つの言語を話せたことは良かったし、インターナショナルな出会いがあることもいいですね。

りあ：ママが日本人だから、日本に旅行できるのが楽しみです。

かい：僕は基本的に語学が苦手ですが、それでも2ケ国語を話せて聞けることで、世界のニュースを理解できるところが良かったと思っています。

ともや：ママは日本人だから料理もよくしてくれて、お弁当も作ってくれます。学生時代の僕のお弁当は、クラスでもとても人気で、おにぎりを友達に取られることもありました。

りこ：私のお弁当も「ふりかけ」をうらやましがられます。私はママの「豚の生姜焼き」が大好き。

かづ：僕はお弁当に持って行った「焼うどん」を友達によく取られました。あと個人的にはママの「唐揚げ」は世界一だと思っています。

じゅん：ドバイで一人暮らしを始めてから、どれだけママが健康的なごはんを作ってくれていたかがよくわかりました。ママの「豚の生姜焼き」は最高です。

ともや：僕も一人暮らしを始めてから、ママがどれだけ美味しいごはんを作ってくれていたかがわかりました。家族で誕生日のお祝いをするときは、ママが必ず手作りのショートケーキを作ってくれるのですが、そのショートケーキは世界一だと思います。

Q. 6人きょうだいで良かったこと、また嫌だったことは？

りこ：いつも（家に）誰かがいるから賑やかで楽しいです。

じゅん：うるさすぎるから静かにしてほしいときもあるけど……（笑）。

かづ：食事をみんなで食べられるのはいいですね。僕はりあとりこが小さい頃によく世話をして大変だったこともあるけど、それも楽しかったです。

りあ：最近はパパとママ抜きで、お兄ちゃんたちと遊園地に行ったり、話し相手になってもらったりするのがすごく楽しいです。

じゅん：僕にとっては下の4人は可愛くてたまらない存在です。きょうだいが多いとゲーム相手にも困らないし、外でスポーツを楽しむこともできます。

かい：本当にいつでも誰かが家にいるからね。

ともや：ワイワイできて、僕はいつでも寂しくなかったです。僕とじゅん、かいとかづ、りあとりこという（年齢の近い）2、2、2のペアがいて完璧でした。けんかはあったけれど、けんかするほど仲がいいって言いますからね！

じゅん：人数が多いから、ママの子どもの名前の呼び間違いがすごいです（笑）。僕を呼びたいのに、僕以外の5人を呼んで最後に僕とか…。

かづ：ママはごはんができそうになると、大声でみんなを呼びます。だいたい叫んでいるんですけど、僕がママの後ろにいるのに、叫んでいることもしょっちゅう（笑）。でもきょうだいが多いと、いいこともたくさんあって、日本で家族みんなでカラオケに行ったのはすごく楽しかったです。

Q. 子育てが一段落して、自分の時間を少しずつ楽しんでいるママをどう思いますか？

じゅん：20年以上も一生懸命子育てに集中してきたんだから、どんどん旅行して楽しんで！弟、妹のごはんも、家のことも任せて！

かい：「長い間おつかれさまでした」って言いたいし、人生楽しんでほしいです。

かづ：昔バルセロナでママ一人で6人の世話をしていた時代は、本当に大変だったと思う。だからママが今、飲みに行ったり、旅行したりしているのはうれしいです。

りこ：ママがいないとき、聞きたいことがあったり、まだたまに寂しいって思ったりもするかな…。

りあ：私もたまに寂しいって思ったこともあったけど、今は大丈夫！

ともや：すごくいいことだと思います。逆にこうやって楽しんでいないほうが心配になるから、今からたくさん人生を楽しんでほしいです！

THE MOON

おわりに

朝は家族が起きる前に目を覚まし、みそ汁にご飯の5人分の朝ごはんと、4人分のお弁当を準備する。それから自転車で20分ほどかけて中学校へ。授業では一日中立ちっぱなし。放課後はバレー部の顧問をこなしてから帰宅。途中、店に立ち寄って夕飯の買い物をすませ、家に帰ると、子どもたちの名前を呼んで夕食の支度。洗濯や片付けはその後、一手に引き受ける…。

これは、中学校の教員だった私の母が、送っていた日々の暮らしです。土曜日も授業があり、唯一の休みである日曜日には、生徒に書道を教えたり、私たちを美術館に連れて行ったりしていました。

もし母がこの本を手に取ることがあったら、間違いなく「何甘えとんね！（広島弁で、何を甘えているの）」と笑いながら活を入れてくれたでしょう。ですが、そんな母を見て育ったからこそ、私も6人の子どもをほぼワンオペで育てるという日々を乗り越えることができたのだと思います。

そして、忘れられないのは、母が毎月の給料日に必ず私たちきょうだい3人を本屋さんに連れて行き「好きな本を何でも選びなさい」と、物語や知識を自由に手に取る喜びを教えてくれたこと。ページをめくるたび、母の大きな愛情が詰まっているように感じたものです。漢字の読み方や意味も忘れて、日本語もあやしくなってしまったこの頃ですが、これらの本を通して得た世界観やチャレンジ精神は、今でも私の人生の大切な一部です。

2024年の初春に、この本の出版の話をいただいたとき、私自身も家族や夫婦のあり方が変わっていくこと、自分の年齢を受け入れることに悩む日々を送っていました。でも、この本を、約1年かけて書き進めるうちに、ふと気づいたのです。徐々に結婚以前の、怖いもの知らずで自由だった一匹オオカミの自分を取り戻し、今の自分の幸せに目を向けられるようになっていたことを。当初暗かった文章のトーンが、そのときの自分の気持ちに合わせて書き直しているうちに、次第に明るいものになっていました。

２０２４年の夏には、アイスランドに住む大学時代の友人に誘われて、家族で訪れた際に、「幸せとは何か？」を尋ねると、彼女はこう答えてくれました。「子どもたちが話をしてくれること」「家族と良い関係を築けていることが、人生の幸せなんだ」と。この言葉に同感した私は、「家族を大切に思える自分でいるためには、まず自分自身が幸せであることが不可欠だ」と悟ることができたのです。

ＹｏｕＴｕｂｅで、いつもダメダメな「りありこママ」を応援してくださる皆さま。失敗が多く、迷惑をかける私を笑って許しながら、励ましてくれる家族たち。悩みを聞いて、一緒に泣いて笑ってくれる友人たち。一匹オオカミと言いながらも、実はこんなにも多くの人たちに支えられているおかげで、ここまで来ることができました。そして、新たな挑戦の機会を与えてくださったＫＡＤＯＫＡＷＡの皆さまにも感謝します。

最後に、皆さまに心からのアモールを込めて、この言葉を贈ります。
El amor propio es el comienzo de una historia de amor que dura toda la vida.
（自己愛は、一生続くラブストーリーの始まりだ）

ラスコットエバンス美穂

ラスコットエバンス家の移住マップ

1996年から現在までの家族の移住地をまとめました。

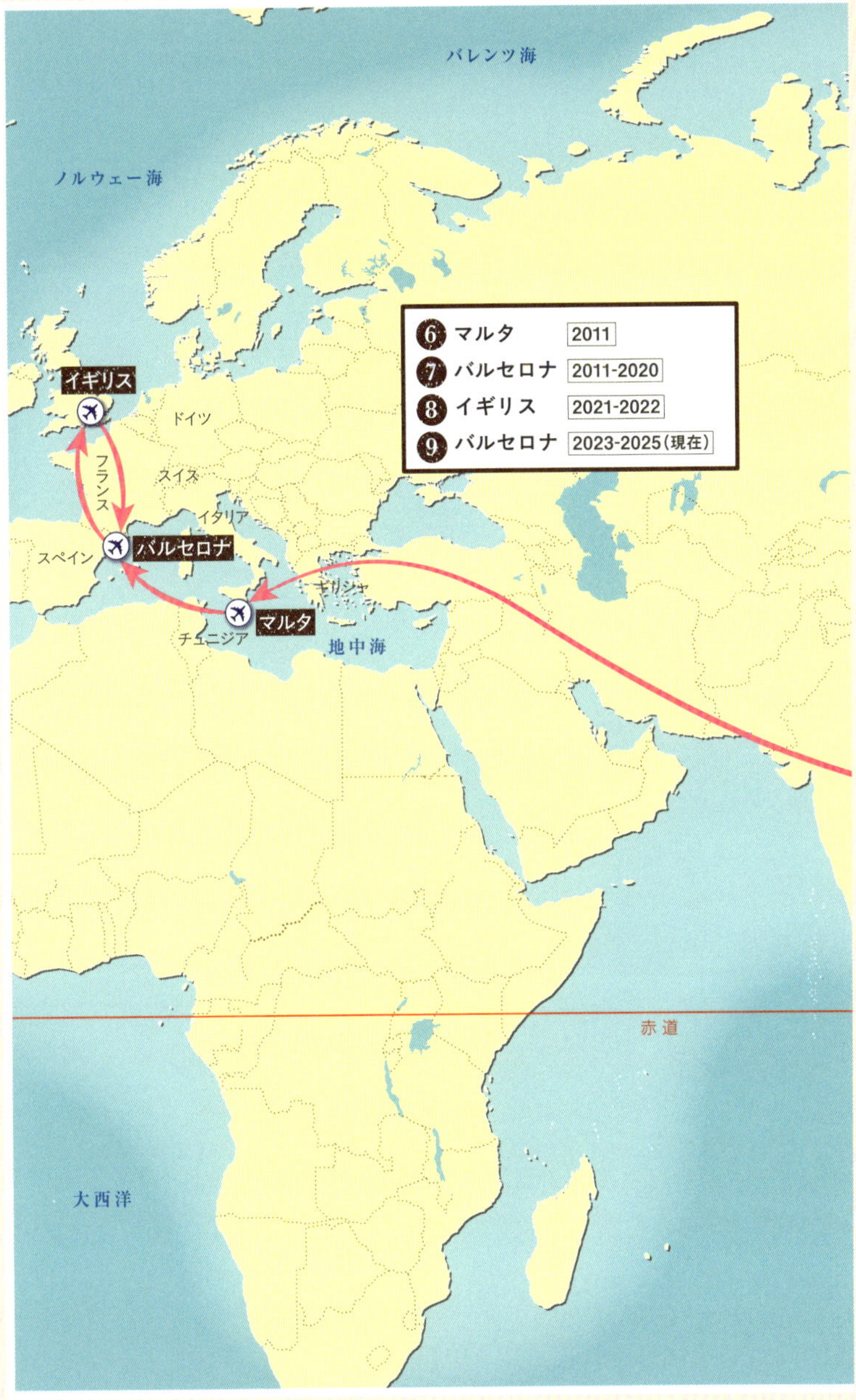
バレンツ海
ノルウェー海
6 マルタ 2011
7 バルセロナ 2011-2020
8 イギリス 2021-2022
9 バルセロナ 2023-2025（現在）
イギリス
ドイツ
フランス
スイス
イタリア
バルセロナ
スペイン
ギリシャ
マルタ
チュニジア
地中海
赤道
大西洋

出典

●P164／パブロピカソの言葉：『La Tete dóbsidienne』（MalrauxA著）

●P193・P209／ココ・シャネルの言葉：新境地を開いた女の人生を輝かす30の言葉（『VOGUE JAPAN』2022年8月19日）

Lialico Mama
ラスコットエバンス美穂

YouTubeチャンネル「LiaLico Channel」の動画配信クリエイター。1966年広島県生まれ。アメリカのミネソタ大学を卒業後、東京で就職。30歳の時、英国人と国際結婚。夫の転勤などに伴って、6ケ国(ベトナム・香港・インドネシア・マルタ共和国・スペイン・イギリス)へ移住しながら、4男2女の6人の子どもを産み育てる。50歳のとき、家族の日常を紹介する動画配信をスタートし、登録者数は27.5万人超となる(2025年2月現在)。ところが、長男・次男が独立し、一番下の双子がプレティーンを迎えた55歳のとき、軽度の鬱である「空の巣症候群」を発症。夫婦関係にも亀裂が入り、更年期の不調などに悩まされる。この本は、58歳頃までの約3年間、著者が葛藤しながらも、新しい自分の幸せを見つけるまでを綴った。

LiaLico Channel
https://www.youtube.com/@LiaLicoChannel

もういいじゃん、私《わたし》が楽《たの》しめば。
夫《おっと》は英国人《えいこくじん》、6人子《にんこ》持《も》ちアラカン母《はは》のエッセイ

2025年4月11日　初版発行

著者　Lialico《りありこ》 Mama《まま》

発行者　山下 直久

発行　株式会社KADOKAWA
〒102-8177　東京都千代田区富士見2-13-3
電話0570-002-301（ナビダイヤル）

印刷所　TOPPANクロレ株式会社

製本所　TOPPANクロレ株式会社

●お問い合わせ
https://www.kadokawa.co.jp/（「お問い合わせ」へお進みください）
※内容によっては、お答えできない場合があります。
※サポートは日本国内のみとさせていただきます。
※Japanese text only

定価はカバーに表示してあります。

ISBN 978-4-04-607257-3 C0095